U0045092

戀愛，我好魯。

綸尚綸——著

【好評推薦】

《戀愛，我好魯》的男主角李濠，如書名在愛情的路上是個魯到不行的人。故事以李濠的視角，第一人稱敘述他的戀愛觀。他曾經為愛受過傷，因此對女友小文百般退讓，而小文也因遭遇前男友劈腿，對愛情抱持不信任。兩人的感情，因為不同的生長環境和人生經歷產生摩擦，然而愛何嘗不是相互讓步才能取得彼此的平衡點呢？

曾經受過傷的男女，在面臨遠距戀愛的考驗，光是愛，真的可以天長地久嗎？相愛容易相處難，作者綸尚綸以李濠和他的好友損友之間嘻笑幽默的對白道出愛情的輪廓。是一本文筆風趣、貼近你我愛情生活的戀愛小說！

《搖滾戀習曲》小說作家　朱夏

0

有人說：「愛到了一個極限，就會轉變成恨。」

我對這句話相當地不以為然地，我敢肯定地說：「愛到了極限，則會變成胡鬧。」

為什麼我能如此篤定地說是胡鬧而不是恨呢？

因為我這句話的根據是來自我好朋友李濠和他的第二戀小文。

這個道理的驗證，足足花了我四年多的時間，去觀察我好朋友李濠和他女朋友小文的戀愛經過，他們的這段愛情顛覆了我相當多對於愛情原本的看法。

會起心動念想把他的愛情故事在寫第二部，就是怕李濠以後談感情再犯傻時，可以有一本完整且詳細的紀錄書告訴他，這些導致失敗的觀念與行為千萬不要再做。

他獨到的愛情見解，實在是比市面上大部分的兩性專家所說的道理，個人認為還要受用許多，因為他就是一個反面教材，情侶間要想維繫好彼此的感情，只要照他的行為相反地去做，分手機會就會降到百分之零點零零一。

而「愛易處難」的起頭，就要從有一天，我和他在7-11外的椅子上，喝著他最愛的麥香紅茶等著他最愛的小文下班，開始說起。

他的神情就像隻徬徨無助的小狗，等待著主人小文趕快回到身邊，陪伴著他，不要讓他孤零零的一個人。

我看著一個身高一七八的公分男人，在女朋友公司附近的7-11坐立不安地等著女朋友下班，準備又要低頭道歉，完全沒有男性的雄風，讓我對他身上是否還存在著男性賀爾蒙，感到相當懷疑？

看他這個龜孫子的樣子，讓我對於他怎麼看待他和小文的愛情，開始感到好奇。

於是，我用納悶地口吻問李濠：「你怎麼看待你和小文的愛情，如果讓你用一句話形容你們的愛情，你會說什麼？」

李濠驕傲且大聲地說：「愛易處難。」

我帶著疑惑問李濠說：「愛一處男？我是在問你怎麼看你跟小文的感情，你給我回答『愛一處男』，你跟小文的感情跟處男有什麼關係？」

李濠帶著鄙視的口吻回答我說：「理由中，我拜託你回去多讀一點書，不要滿腦子都是性，好嗎？我說的是相愛容易，相處困難，簡稱為『愛易處難』。」

對於李濠的解釋，我還有疑問之處。

我又問：「既然相愛容易相處困難，不是要更珍惜彼此嗎？那你為何還要三不五時跟小文這樣吵吵鬧鬧，去增加你們相處的難度。你不認為你很有事嗎？我真覺得，你這樣和小文吵吵鬧鬧的行為，我認為很Low Can Son。」

李濠帶有疑惑地問我：「什麼是Low Can Son？」

我對他這種英文的程度卻又總是沾沾自喜，一直以來，我總是不敢恭維。

我眼睛翻白地回答說：「Low Can Son＝低能兒，懂嗎？留英碩士。」

李濠無奈地說：「你以為都是我想主動吵架的唷，小文的眉角很多，不知道什麼時候會踩到她的底線，她就跟你開戰了。」

李濠嘆了口氣接著說：「她開戰之後，除非她有意識到是她的不對，才會先主動求和或著快速跟我簽訂和平協定。不然就是要看到我全軍覆沒或者彈盡糧絕而投降，否則她絕不會對我心軟。」

我繼續追問他說：「好，那你為什麼在你已經向小文低頭認錯後，都還要在臉書PO著道歉文呢？你知道你這樣子的行為會成為小文朋友間的笑柄，你不想為你自己留點面子嗎？」

他嘆了口氣，語重心長地說：「愛情裡，總有一個人會自願輸給另外一個人。其實，那個自願認輸的，他才是最聰明的，因為他知道一段關係中，裡子是比面子重要的。再說了，我不這樣子做，小文怎麼有台階走下來，繼續我們的感情。」

他們每次吵完架後，幾乎都是他先低頭去求和好，對他一直重複著跟小文吵架卻又要主動去求和的行為，讓我這個完全沒有戀愛經驗的我感到相當困惑，難道這就是戀愛嗎？

為什麼跟接觸到其他朋友他們所談的戀愛，雖然沒有偶像劇般的不真實，但也不會像他和小文那麼地胡鬧。

聽到他的解釋，讓我哭笑不得。我一直以來都認為，雙方在感情中的地位是平等的，要互相地尊重與信任對方。而不是要一方一昧地委曲求全，來經營與維繫雙方的感情，這樣的感情基礎是不會穩固。

長久下來，委曲求全的一方往往因為長期讓步，逐漸地喪失經營感情的熱情，而讓感情逐漸地失去平衡，最後大多走向分手一途。

但我好朋友李濠卻對於他特有的「不管對錯，主動道歉」愛情觀念，而感到相當自豪。

我們就來看我好朋友李濠從高雄的自信一哥如何蛻變成戀愛魯蛇。

1

李濠和小文是再二〇一一年的八月底交往的，接下來的第一人稱將改為李濠，以利故事接下來的敘述。

二〇一一年對我來說，是一個高潮迭起的一年，讓我的心情就像是坐雲霄飛車般的高低起伏。

那一年的五月，我才被交往近五個月的孟洵紋劈腿，然後馬上被甩。我就在新崛江的服飾店，認識到了小文，對小文展開熱烈且瘋狂的追求，企圖藉著追求小文轉移我被孟洵紋甩的痛苦。

皇天不負苦心人，我遵照著黎群和張智堯教我的招式，終於在小文的生日那天追求到她。

（P.S.張智堯這名字在之後將以堯堯的方式表達）

不過，我們馬上就遇到交往後的第一道難關——兵役問題。

為什麼剛交往就遇到兵役問題呢？因為，我準備要在當完兵馬上去英國留學攻讀碩士。有看《戀愛，我好想》的讀者，一定會覺得奇怪，我不是考上政大金融所嗎？為什又要準備去英國攻讀碩士呢？

因為，在我要去研究所報到的前一天，我跟黎群、理由中和堯堯等兄弟去慶祝自己是I大國貿第一人考上政大金融所。

結果一整個樂極生悲，因為黎群拿出他們家珍藏的五十八度黑金龍幫我慶功，讓一向自詡好酒力的我，居然喝得酩酊大醉，讓我來不及去政大報到，錯失當一個政大研究生的機會。

一次酒後誤事，我必須跟政大的女生說聲抱歉，讓妳們錯失了認識高雄第一帥哥的機會。

既然政大金融已經與我無緣了，於是我決定去英國讀書拚一個碩士，如果順利學成歸國，我就可以成為李家第一個擁有碩士學位的人，這是多麼地光宗耀祖。

那為什麼會有自信去英國讀書是件很簡單的事情，因為我的好朋友理由中跟我說，去國外讀書的人大部分都是家裡有錢，基本的專業知識都相當缺乏。

連那些沒專業的人，都可以當國外碩士了，更何況我這I大國貿第一帥又有財的男人。更加上我想說，政大金融所我都能考得上了，去英國讀書應該沒有什麼困難的，應該跟「一塊蛋糕＝a piece of cake」差不多。

其實，最主要的原因是，小文的前男友和現在在追求她的蒼蠅們學歷大都比我好。為了在小文面前可以有我男人的自尊和雄風，我一定要完勝那些蒼蠅們，證明小文的選擇是正確的。

雖然說，學歷並不是判斷一個人的一切，小文現在也跟我說她並不在乎我的學歷，她是喜歡我對她的心。但學歷輸人這件事，已經在大男人主義的我心中，劃上一個不算淺的陰影。

我又想到，萬一我跟小文吵架時，大家吵架沒好話，她拿我的學歷來嘲笑我，我一定無力招架，我不能讓我的學歷成為我的痛處。

現今這個社會上，大部分的人很喜歡拿學歷當判斷人價值為何的第一道關卡。

總結各方面的考量，都讓我認為去英國攻讀碩士是我目前最刻不容緩的事情。

於是我在畢業典禮隔天，我找黎群和我去區公所的兵役課，去詢問如何以最快的時間入伍當兵，解決兵役問題。

但我又怕我的俊俏外表，在軍中會成為一些人覬覦的目標，所以我選擇了當替代役。

當黎群聽到我選擇去當替代役的幹部，他只跟我說一句話：「李濠，你真的是一個NNG，完全就是小孬孬，不敢接受中華民國國軍的訓練。」

我對黎群說的話，只停留在ＮＮＧ，後面他說的，我都沒有給他聽進去。

我納悶地問黎群說：「什麼是ＮＮＧ？」

黎群哼了一聲，他說：「你這種程度還敢說要去英國讀碩士，不要浪費父母的錢好嗎？Nan Nan Gun＝娘娘腔。」

黎群說完後，開始了他那欠揍的笑聲來嘲笑我，嘲笑我不敢選擇堂堂正正去當中華民國的軍人。

不得不說，黎群的笑聲有一種穿透力，他笑到整個區公所兵役課來辦事的民眾，對我抱以好奇的眼光打量我，懷疑我是不是身體有不合格的地方，才去選擇當替代役。

我拿了選擇替代役要填寫的相關文件後，馬上帶著黎群離開區公所。我暗自下定決心，以後帶黎群出門的場所和時機，真的要多加慎選，稍有不慎，便會成為他人茶餘飯後的話題主角。

我的運氣不錯，剛好趕上九月底開訓的替代役。這意味著，我將在二〇一二年的八月底退伍。在這十一個月的替代役生活中，我如果能順利地把語文檢定搞定，那我一退伍，就可以先休息一陣子，等要開學的前三個月再去英國先唸語言學校適應一下環境，然後銜接到研究所。

當我喜孜孜地把我的完美計畫跟小文說時，我原以為她會讚嘆她的男人十分地上進。

結果，小文的反應非常之冷淡，冷的溫度跟北極的均溫有得比擬。

小文冷冷地說：「很好啊！你想做什麼就去做，跟我說做什麼，你都已經做決定了，完全不尊重我是你的女朋友。」

小文這個反應，讓我想起堯堯跟我說過一句形容女人心的話：「女人心，海底針。」，她現在這個反應是在跟我玩那齣，我完全看不懂。

我好言好語地安慰小文說：「寶貝，怎麼啦！是什麼事情惹妳生氣了，跟我說。我想知道是誰壞壞，惹我們家的小文寶貝生氣。」

（P.S.理由中聽到我這樣安慰小文，他建議我去做全身健康檢查，他嚴重懷疑我女性荷爾蒙比一般男性還要多，導致我的行為有時會偏向女性化。）

小文生氣地說：「沒有人壞壞，重頭到尾就是你最壞。我們交往沒幾天，你就已經要去當替代役；當完之後，你又要準備去英國讀書。雖然說，你去英國讀書到現在還沒有成形。但你自己去好好想想，我們交往後，有幾天是只屬於我們兩個人的。」

原來小文生氣的點是我們相處的時間不夠多，她認為她沒享受到幾天甜蜜的日子，就又要被迫接受要一個人孤零零地生活。

小文的這段話，對我來說真的是當頭棒喝。

長期單身的我，思考模式已習慣只為自己的未來做打算，卻忽略到現在也要考量小文的感受。

兩個人在一起之後，我們要做的任何事情和決定，都要把另外一半考慮進來，並和另一半充分討論再去執行，不可以像小屁孩一樣自私，只有想到自己。

看著小文在眼眶泛滿了捨不得的淚水，我的心在霎時間激動了起來。我抱著小文，往她那小嘴巴，送上我最深情的一吻，我要藉由我的吻告訴她，我的不捨是不會比她少的。

2

我好朋友堯堯跟我說，女人的每一滴眼淚都是天使的淚水，所以要用心去呵護自己的女人，不要讓她輕易為自己流淚。

在我給小文深情一吻的那個晚上之後，我就跟理由中他們暫時斷絕來往。因為，在我入伍去當替代役之前所有的時間，我都要給小文，我要幫小文創造許多甜蜜的回憶，讓這些回憶陪著她，去渡過沒有我在她身邊的那些日子。

也因為我這樣重色輕友的行為，導致我的朋友們對我十分不滿。紛紛的把我在他們手機通訊錄的名稱改為「Mr. Dog」。

我之所以會發現我在我兄弟之間的地位變得如此地卑微，是因為我在我手機LINE中的群組，看到我們這個群組的名稱由「金融大亨鉅子團」改成「我們都是愛狗人」。

我不解地問理由中：「為什麼我們的群組名稱會變成我們都是愛狗人，我們是愛那條狗啊？」

理由中理所當然地說：「誰開始發問誰就是那條狗啊？」

我聽到理由中的話之後，我的腎上腺素瞬間飆高，我堂堂身高一七八的帥哥，居然被我的兄弟們私下揶揄是條狗。這叫我怎能不抓狂？

我馬上回訊息在我們的聊天群組裡，

我嚴肅地說：「黎群，你是群組管理員。我要求你馬上把我們的群組名稱給更名，請更改成『男人不該讓女人流淚』。」

黎群不但讓人長得帥氣，嘴上功夫也很了得。

他馬上回我說：「有人在說話嗎？我好像聽到狗在叫？這是我的錯覺嗎？」

一連三個不帶髒字的回應，讓我有些無力招架。。

跟黎群認識那麼久了，我了解他就是嘴巴壞而已，其實他的內心是很善良纖細的。既然我的強硬請求收不到效果，於是我改用撒嬌的方式來請求他更改群組名稱。根據過往的經驗，只要我跟黎群撒嬌請他幫忙，有百分之八十七的機會，他會答應我的請求。

我為了保全我最後那一點點的男性尊嚴，我私下傳訊息給黎群，希望他可以答應把群組名稱改掉。

我撒嬌地說：「黎群，幫忙一下。把聊天室改個名稱啦！不然給小文看到，我的面子要往哪擺。如果你改掉我們群組的名稱，我請你吃飯，你看如何。」

黎群不愧是賤嘴王，看到我的姿態放這麼軟，還要再補我一槍，他才開心。

他回答我說：「你千萬不要拿你們族群中最頂級的餐點『西莎』來打發我，我指定要吃漢來飯店的自助餐，另外我還要帶我的女朋友小沛一起去吃。吃完後，我馬上幫你改聊天群組的名稱。」

聽完黎說的話後，我一定要在吃飯那天徹底將我的男性雄風好好地展現一下給他和小沛看，讓他知道我在我的小文面前是多麼地兇悍和有尊嚴。

當我滿心期待的要表現給黎群看我的大男人時，在吃飯的前一天我和小文大吵一架，讓我只能單刀赴約。

為什麼會大吵一架呢？這個吵架吵得突然也很莫名，也是這個吵架，於是「高雄鬧劇哥」這個封號就開始和我畫上等號。

我在小文的房間，使用她的電腦去登入我久未使用的ＭＳＮ，我的腦筋突然有一根筋不對，我把「孟沟紋」的帳號解除封鎖。

解除封鎖後，我就去瀏覽其他的網頁，也對我這一個小舉動不以為意。之後晚餐時間，我跟小文出去吃飯，我竟忘記登出我的ＭＳＮ。

吃完晚餐後，我跟理由中他們約去唱歌，慶祝理由中體檢沒過，不用當兵。這個場子清一色都是棍子，小文覺得很無趣，要我就先送她回去。

P.S.棍子＝男生

大約唱一個小時後，我收到小文傳給我的What's App的訊息，傳送內容是兩張圖片，我點進去看後，我的冷汗開始從我頭頂周圍慢慢地溢出來。

小文傳給我的圖片是孟泃紋留給我在MSN上的訊息，孟泃紋在裡面留的訊息如下：

孟泃紋：原來我和你只能相遇，但無法相伴彼此到最後。種種的巧合，讓你曾經在我的生命裡，你給予我的呵護和關愛，是我不懂得珍惜，也讓我失去這一份最真摯也是最認真的情感。我知道你是誰了，阿濠。

孟泃紋：在我們最後聊天的時候，你問完我的名字後，就將狀態馬上顯示為離線，當時我就覺得很奇怪，你是不是知道些我不知道的事情，因為之前的你不會突然地離線。

孟泃紋：於是，我就去MSN交友網站去搜尋你的交友ID，沒想到，我看到你放在交友網站的其他照片，居然是你李濠。

孟泃紋：原來，上天曾經讓我們兩個如此地靠近，卻因為我一時的心猿意馬，讓最愛我的人和我最愛的人離開我的生命。

孟沟紋：不知道最近的你過得好嗎？很希望可以與你見上一面，好嗎？

我看完小文傳給我的照片後，我整個人慌了，我從來沒有面對過這種男女之間感情糾葛的情況。

我慌張地開始搜尋智多星堯堯的存在，希望可以從擁有號稱「我知女人心」的堯那，獲取一些化險為夷的招式，讓我渡過這個交往後的第二道難關。

堯堯看完小文傳給我的照片後，低頭不發一語。大約過了三分鐘，他頭抬起來並開口說出他的見解。

堯堯說：「你這種情況，就只有一招——負荊請罪，沒有別的方法了。你現在歌也不要唱了，馬上去小文那邊，跟她解釋你是清白的，然後發毒誓你和孟沟紋之後不會再有任何糾纏，記住誓言要越毒越好。」

既然，智多星都這麼說了，我就去好好跟小文低頭認錯，希望可以換得她的原諒。也祈禱小文可以原諒我，不然我的第二段感情很快就要在今天畫上句點。

於是，我找黎群陪我去找小文。因為，我看到黎群的臉很痛苦，想必是被理由中的歌聲荼毒到受不了了。

3

來到小文家附近的公園，我坐在公園裡的椅子上，試圖先將自己的情緒緩和下來。畢竟，這是我第一次遇到感情方面的問題，我要謹慎面對這個狀況。

這次錯的是我，因為我並沒有跟小文完整地坦白我和孟洵紋的一切。當初，我和小文在做情侶間真心話大告白時，我把我跟孟洵紋的故事清描淡寫地帶過。

我的想法是，和孟洵紋的那一段都已經過去了，過去的事情沒有什麼好說的。重要的是把握和小文在一起的每一天，創造無數個只屬於我們的美好的回憶。

況且，女人這生物在「比較」這個功能，可以說是地球上所有生物中的第一名，如果我把我和孟洵紋間的事情說得越詳細，之後遇到類似的情況，我一定被小文拿來比較到體無完膚。

一段感情中開始出現裂痕的時候，往往就是發現對方對自己有所欺瞞時，要將裂痕完整地彌補好，就要花上好幾倍的努力和心力，我一定要努力地讓這個裂痕消失在我們的感情中。

我摸一摸我左邊的褲子口袋，發現我的Caster菸盒中還有最後一根菸，我點起了它，我試圖用尼古丁將我雜亂的思緒理出個頭緒，該怎麼避重就輕的跟小文說明我和孟洳紋的事，讓小文可以原諒我。

當我抽完這一根菸，我準備撥給小文跟她解釋，畢竟該面對的還是要面對，時間拖得越久了對我越不利。

這時，黎群突然開口了。

他問我說：「你想不想安全地渡過這關？」

我白了黎群一眼地說：「當然想安全地渡過這關，你是在說廢話嗎？」

這時，黎群的表情就好像是一位愛情界的帝王，彷彿已經看遍世俗男女在愛情裡的百態，嘲笑著正為情所困的我。

他露出他那欠揍地笑容說：「遇到這種情況，你要反其道而行，不按牌理出牌，等等碰到小文以後，不要馬上就道歉，先去觀察她對這件事情的生氣程度，並依據她生氣的程度高底，去決定你要說的話。只要她越生氣，你成功求和的機會就越大。」

他接著說：「當她的情緒氣到一個頂點了，這時你就把你所有通訊軟體的帳號跟密碼都給小文，表現出你在她的面前是坦白的，沒有任何隱瞞。」

聽完黎群的這番話，我有一點遲疑，因為這樣子一來，我就毫無隱私了，我猶豫著要不要採用黎群的建議。

但看到黎群那自信的眼神加上篤定的微笑，讓我決定相信他一次，我採用黎群的建議，先以獲得小文的原諒為首要，個人隱私的問題以後再說。

我緊張的情緒隨著電話接通聲地慢慢地升高，而情緒的高點則是小文接通電話那一個瞬間。

我正要開口跟小文道歉時，小文就搶先一步對我發難。

小文冷冷地說：「騙子，你不是說跟孟沟紋斷乾淨了？請問你打來還有什麼事情嗎？為什麼你們男人都是一個樣子，總是會慣性欺騙自己的女人。」

小文這樣的開場反應，讓我的心情安定了不少。畢竟，有在乎你才會跟你吵架，人如果完全不在乎與重視這人、事、物，連理你都懶。

不過，小文開場白的三個問句，就像三把飛刀一樣往我心頭刺進去。這種心痛的感覺，讓我對小文感到心疼與愧疚。但也讓我的心情更加地篤定，我和小文走下去的可能是非常高的。

我用乞求的口吻，求小文開門放我上去跟她解釋清楚。

還好，小文到目前的反應都照著黎群規劃的劇本走，雖然小文沒有開門讓我上去，不過她走到公園跟我面對面說清楚。

我充滿歉意地口吻說：「小文北鼻，不要為了這種事情生氣，生氣會讓妳美美的臉變得醜醜的，很不值得。我知道這次是我的不對，我會拿出我最大的誠意去彌補和補償你所受到的傷害。」

我的話對小文來說，好像高級的燃油，瞬間讓她的火氣馬上又飆高。

小文用近乎歇斯底里的口氣吼叫地說：「李濠，你不要用那種敷衍的態度來跟我道歉。況且，不是每一句的對不起都可以換來原諒的。你把孟沟紋的ＭＳＮ解除封鎖，你到底是抱持著什麼心態？想要來個左擁右抱，是不是？」

看到小文抓狂的反應，就跟黎群預料的一樣。我內心不禁對他的戀愛能力感到萬分佩服，對於愛情裡的每一個狀況，他都知道什麼是最佳解，他的感情功力應該是少數幾個有資格可以被稱呼「愛情王」的人。

我清一清喉嚨，我把我的小眼睛撐大，用我最深情的眼神看著我眼前因為我在生氣抓狂的女人。

我用我那富有磁性的聲音說：「小文北鼻，真的很對不起，因為我一時無心的行為，讓妳對我產生了懷疑，我真的跟孟沟紋沒有什麼事。我要跟妳道歉的是，我不該對孟沟紋還有任何一絲地好奇。」

我繼續說：「小文北鼻，我為了取得妳的信任，我決定把妳所有想知道我的臉書帳號、LINE帳號、What's App帳號和手機密碼，我全部都給妳。我這樣子做，是想告訴妳，在妳的面前我不需要有隱私。」

小文聽到我這麼有誠意的承諾後，她那生氣的臉開始柔和了起來，代表黎群教我的這一招成功讓小文原諒我了。

她認真地說：「李濠，你知道我之前被我男朋友那樣子地對待，在我的內心裡，對感情本來是不抱持著任何希望的，也不想再去談感情，直到遇見你以後，我觀察著你，知道你是真心真意地對待我，於是我願意再敞開一次心門去接受你，所以我無法忍受你對我有任何一絲的隱瞞。我希望，這次你和孟沟紋的事情是你最後一次對我有所隱瞞了。」

原來，小文生我氣的地方，是認為我想要和孟沟紋有所發展。其實，我只是好奇孟沟紋現在過得有沒有比我好而已。

我只是想知道，當初她沒把我當做她感情的唯一，現在的她有沒有後悔。而這一切的答案，我現在已經知道了。因為都在小文傳給我的照片裡。

我了解到，現在的我過得比孟沟紋幸福，過得比對方好，就是對對方最好的報復。

通常情侶大吵一架後，都是情侶雙方敞開心胸的時間。我和小文也不例外，我和小文談了很多更深入的話題，也讓我們更對對方認識與了解更多。

不過，因為我和小文談心談得太晚了，導致中午小文起不來，變成我只能單刀赴請黎群吃飯的約會了。

當黎群見到我的第一個表情，他是相當沾沾自喜的。因為，他完全地猜中小文的反應，他認為，我和小文可以和好完全是他的功勞，因為我採用了他的建議。

他得寸進尺地說：「再請一頓……再請一頓……再請一頓……」

我對他這個貪得無厭的態度又愛趁火打劫，感到十分地不滿。

我決定給他一點顏色瞧瞧。

我故作灑脫地說：「再請一頓可以啊，那今天就沒有海港可以吃，只剩對面的義果喈，考慮清楚是不是要再跟我敲一頓，我是怕你對小沛難交代。」

黎群聽到我的話後，發現沒有辦法再敲我一頓，反而還有可能吃不到他答應小沛的海港自助餐。

他馬上轉換他的態度，他展現出他能屈能伸的一面。

他笑笑地說：「我們都是自家兄弟，平常都是你幫我我幫你的，不要把我剛剛的話放在心上，我們好好地享受這一頓午餐。」

4

這個中午，看著黎群和小沛吃著開開心心的，在我的面前你一口我一口地，在那邊餵來餵去，這個場景在我看來，只有四個字——好不噁心。

為了買下我們群組的名稱一個月的冠名權，我花了二千元買通群組管理員黎群，成功地將群組更名為「男人不該讓女人流淚」。

吃飽飯後，我片刻不想逗留在海港，我一心只想回去陪我的公主——小文北鼻。為了讓我的小文感受到是最幸福的小公主，我在離開之前繞去B1的GODIVA專櫃買小文最喜歡吃的松露巧克力。

走進GODIVA的專櫃後，買了小文最喜愛的松露巧克力，並順便買一下我的賭神巧克力—GODIVA百分之七十二的黑巧克力，來為我的晚上和黎群他們的方城之戰，添加一些幸運物。

中午已經請黎群和他女朋友吃海港自助餐，現在又買貴鬆鬆的松露巧克力給小文，來討她歡心，加上等等又要帶小文去吃高級法國菜，這樣一天下來，我的錢包瞬間消瘦了不少。

由於我今天一直在噴錢，讓我的錢包瘦了不少，所以晚上我約了黎群他們打個麻將，幫我的錢包補一補。

當我要拿起我的賭神巧克力時，我發現巧克力的另外一頭也有一股力量。於是我放掉我的手，並抬起頭看誰跟我一樣如此地有品味。

我和那個有品味的人四目相交時，我們雙方都愣住了。原來那個有品味的人竟然是孟沟紋。

場面馬上凝結住，這時候我感到無聲勝有聲，因為我的喉嚨有如被千斤擔壓住，完全發不出聲音。

沉默了二十秒後，孟沟紋先開口了。

她眼神充滿關心但聲音有些顫抖地說：「你最近好嗎？」

一句「你最近好嗎？」，讓我的腦筋跑出許多過去我們交往的片段，那時的我用最真的心去對待我最愛的人，只是沒有得到自己所理想的結局，黯然地被迫結束這段關係。

現在這個場景不是我最想遇到的場景嗎？在孟沟紋面前，去證明離開她之後的我，卻可以過得比從前快樂。

但我的情緒卻一點快樂不起來，反而從心裡湧上很多情緒，這些情緒複雜到我無法短時間消化。

我硬撐起我的笑容並壓抑著我波動的情緒，不想讓孟汮紋看見她還是有能力可以左右我的心。

於是我淡淡地說：「很好啊，妳呢？」

孟汮紋看到我的回答是冷漠且不帶感情的，她的情緒開始激動起來。

她用那曾經讓我魂縈夢牽的眼睛看著我說：「李濠，有看到我的留言嗎？」

我看著她的雙眼，她的情緒已經快要潰堤，而我快要控制不住我波動的情緒，想要衝上前去抱住她，告訴她妳所說的一切我全部都懂，我已經不再在意妳給我的傷害。

我奮力地守住我理智區最後一根神經線，不想讓孟汮紋知道我真正的想法。

我真的很氣我自己，她帶給我的傷害那麼地重，而我居然因為她跟我道歉了，就能不再在意過去她給我的傷害。

正當我已經快守不住我理智區的最後一根神經線時，準備要向前抱住孟汮紋時，突然我的手機響了起來，是小文的來電。

感謝上天，讓小文這時給我電話，也將我的情緒給拉回到現在。我現在的女朋友是小文，而我不該也不能再對孟沟紋有任何非朋友的情緒存在。

我跟孟沟紋堅定地說：「有，但我要跟妳說的是我已經有女朋友了，我現在很幸福，也希望妳可以找到只屬於妳的幸福。」

說完這話便掉頭就走，如果我再不離開現場的話，我很怕我做出對不起小文的事情。

在開車往去接小文的途中，我很生氣自己為什麼自己的情緒輕易地被挑動了起來，難道我心裡深處真的還渴望能和她在一起？

想到這裡，我搖搖頭要自己不要再去想孟沟紋的事情了。當初，我選擇了小文這個女孩，就應該用盡心力地對待她，我的心意不應該再三心兩意，也不要輕易的忘記孟沟紋當初怎麼中傷我的心，差點讓我在感情路上走到另一個境界，選擇去愛上男人。

帶小文去吃她最愛的高盧法式餐廳，這一頓晚餐無疑是壓垮我錢包的最後一根稻草，但看著小文的笑容那麼地甜美，並只為我一人綻放著，讓我對剛剛還對孟沟紋心動的我，感覺到自己很骯髒。

吃到最後，我拿出剛剛買的松露巧克力，小文看到巧克力時，她的表情有一些感動到，她感受到自己是被放在手心上疼愛的感覺。

在前一段感情中，她是屬於付出比較多的一方，她認為只要在感情中肯付出和奉獻，一定可以找到屬於自己的真愛。

她毫無保留地付出，下場卻是遭受前男朋友的背叛和糟蹋。也讓她一度封閉起自己的內心，不想再接受感情。

而感情一定會有一方是先付出，我不在意當先付出的那個人，能對自己愛的人付出，那是一種幸福。

我會毫無保留地對小文付出，儘管小文因為前段感情的創傷，對付出感情會有所猶豫，但我一定會努力讓她的心房對我完全敞開，讓她可以重新再相信愛情。

我和小文的遇見，也許是上天給我們彼此的禮物，要讓兩個被背叛的人可以在愛情中得到完整的幸福。

看著小文開心的臉孔，我不自主伸手過去摸著她的臉，用著我最深情的眼光看著她，我的內心告訴自己：「這個女人我一定要用盡我的全部去對待她，要兌現我對她的全部誓言。」

送小文回去後，我帶著我的賭神巧克力去跟黎群他們大戰麻將，企圖要用麻將從他們的口袋搬一些錢出來進我的口袋。

我吃著巧克力，低頭看著我的手機聯絡人中的「死都不能再打給她」，我很想打給她，我試著想要了解她到底是什麼想法？

雖然她是說看到我摺紙鶴裡的文字而回想到我和她過往的甜蜜，覺得我才是她今生唯一可以和她走下去的男人。

從我們五月最後一次談判後，到現在整整三個月的時間，她居然沒有因為時間的流逝，而對我的感情有所減少。

我認為，我有義務要了解她的想法，否則我覺得心裡會有一個疙瘩，我怕這疙瘩會影響我和小文之後的感情，因為沒弄清楚我的心就會無法完全放下孟沟紋。

當我正要按下通話那個按鈕時，黎群他們剛好也到了我位於美術館的透天別墅，我就決定先跟他們三人的錢包打劫，不然我錢包今天整個失血過多，已經快處於休克的狀態。

經過三圈大戰，感謝賭神巧克力的加持，結果就是三家烤肉一家香，我狠狠地贏他們八千八百八十元。這個結果，讓我的錢包不但恢復到原來的厚度，反而還胖了一些。

既然，他們三個衰鬼貢獻了八千八百八十元給我，我當然要讓他們捐獻得開心一點，於是我請他們三個吃興隆居的早餐。

趁入伍還有二天的時間，我一定要找時間和孟洵紋偷見面，了解她到底是怎麼想的。

5

我跟小文說昨天打麻將太累，要多睡一下，晚一點再過去陪她。

結果，我只睡四個小時就起來了。

因為，我的腦中該死的都是我的小文和孟沟紋，我還浮現出一個邪惡的想法，夢裡的畫面是我一方面跟小文一樣地甜甜蜜蜜；另一方面，我偷偷地跟孟沟紋私下幽會，我好不快樂。

突然間，當我跟孟沟紋在約會時，我發現我的小文北鼻拿了一把大關刀砍了過來，我本能反應地將和我結合在一起的孟沟紋給推開，避免有人員傷亡。

沒有想到，小文北鼻的臂力真是驚人，剛砍了一個落空，馬上回馬刀的往我這裡砍了過來，頓時我的直覺讓我向後一退，差一點點我的小小濠就要人頭落地了。

事情發展到這裡，我大叫一聲：「冷靜點！」

我的身體不由自主地顫抖著，然後猛力一彈，我整個嚇醒了。我發現，我的床上有一灘水，我暗想：「難道這是我剛被嚇出來的尿嗎？我湊過去聞一聞，還好沒有臭味，原來只是我的冷汗。」

有人說，夢是滿足你日常生活中所無法滿足而投射出來的印象。真沒有想到，我的內心居然那麼地骯髒，想要一次擁有這二個女人。

為了讓我的身、心、靈都只屬於小文北鼻的，我下定決心撥給「死都不能再打給她」，我約她出來講清楚，要把我和孟沟紋的一切在今天給終結掉。

我們約在博愛路上的星巴克，我帶了鴨舌帽和口罩，並選了一個最角落的位置，等待著孟沟紋到來。避免被認識的人看到我跟非小文以外的女人喝咖啡，被小文知道後果會很難收拾。

我曾想像著孟沟紋坐在我的對面，當初如果沒有璽鍑的介入，我們會不會像這個樣子，坐在對方的面前，喝著咖啡，什麼都不必說，什麼都不做，就二個人靜靜地在彼此身邊，享受著兩人的時光。

可惜的是，我和她是在不對的時間遇到了彼此，又因為她當初看不清我才是最適合她的人，而把我推離開她身邊。

當初，雖然是孟沟紋又愛上了璽鍑，讓我不得不轉身離開她。

但我很感謝老天爺的安排，讓在感情低潮的我遇上了小文。

一開始是想藉由追求小文去尋找我生活的新重心，去轉移孟沟紋給我的傷害。

但隨著與小文的相處天數增加，我在小文的身上找到了我愛情的依賴與寄託，於是我慢慢地走出孟沟紋給我的陰霾。

在堯堯他們看來，我和小文只是想從彼此的身上找到了慰藉，但那是同情而不是感情。

我不否認他們所說的，也許我和小文的感情開始是建立在同情之上，但我相信我和小文只要有心經營我們的感情，我們一定可以發展的很好。也是因為小文，我才願意再相信感情一次。

當我若有所思地喝著摩卡時，孟沟紋來了。

孟沟紋的臉上是喜悅的，她完全沒有想到，我會主動約她出來。

我開門見山地說：「從妳發現我送妳的千紙鶴裡，都有我滿滿的祝福，妳開始反思也許我才是妳這一生的右先生，對吧？」

我接著問說：「經過妳的思考後，妳了解到我是妳今生可以一起走下去的男人，妳才回頭來找我的，對吧？」

孟沟紋聽了我的話後，她點了點頭，承認我所說的話都是正確的。

我故作瀟灑地說：「我們五月聊完後，那時我對妳的意思表達得很清楚，我們已經不可能了。妳為什麼還要執著呢？」

孟洵紋有點激動且帶有後悔的口吻地說：「原以為，我對璽鍑的愛比對你還多，看到璽鍑回頭來找我，並跟我說愛我。當下，我認為璽鍑會是我在愛情的終點。有些事物，也許要有一點距離，才會讓人覺得美麗。但愛情是沒有距離的，兩個人在一起是沒有辦法戴面具的，要完全赤裸地面對彼此。」

孟洵紋接著說：「我和璽鍑真的相處過後，我發現璽鍑就像是一杯濃郁的咖啡，他帶給我絢爛的幸福，讓我誤以為，每天跟他在一起都很甜蜜。」

我聽到這裡，我略感不耐煩了。因為，我可不是花錢和時間來聽妳的愛情故事。但我還是維持我的紳士風度，我強壓抑著我的不耐煩繼續地聽下去。

孟洵紋繼續接著說：「可是這一種甜蜜，時間一久之後，會讓人覺得很膩，是一種甜在喉嚨裡的膩。而我也發現，我和璽鍑感情的熱度和密度隨時間逐漸地下降中，也許我們雙方都只是對方愛情的幻影，美麗但卻不真實，就像煙火一樣只能擁有短暫的美麗。我開始思考著什麼是我要的愛情？」

孟洵紋說：「我發現，我要的愛情是要經過確確實實地相處過後，所衍生出來的情感。或許它可能不夠美麗，但我確信它夠雋永。我又發現到，你送我最後的禮物——千紙鶴，有你對我最真摯且純真的關心和愛，這才是我想要的愛情。」

孟洵紋說：「既然，我認定你是我要的男人，那我不需要在顧什麼女性的矜持，所以在五月的時候，我才會主動約了你，想要把你挽回。至於，MSN交友我會發現是你，是你那天突然離線，讓我開始去聯想會不會是同一個人。」

我聽完孟沟紋的話之後，所有的情緒一整個如浪花一朵朵般地拍打過來，我的心被突如其來的這些情緒，攪亂了我的思緒。

我的心分出兩個想法：「一個邪惡的想法，叫我馬上給孟沟紋來個熊抱，然後跟他說，我們在一起；另一個天使的想法，跟孟沟紋說謝謝你的厚愛，但目前的我不能再給予妳任何的東西，因為我有女朋友了，而且二天後我就要去當兵了。」

我的臉因為在決定要採用那一個想法，而開始糾結著。

這時天使的想法開始告訴我，為什麼要拒絕的理由：「現在絕對不能接受孟沟紋對你的真情告白，她的告白就像安非他命，你一旦吸食後，你在高雄女生界就背負著臭名。況且，當初孟沟紋因為這樣而拋棄你，你鄙視這樣的孟沟紋，難道你也要做你所鄙視的人嗎？」

邪惡的想法也不甘示弱地說：「你就答應孟沟紋，你不是對她還有感情嗎？小文又不一定會知道這件事，你就腳踏兩條船啊。你怕什麼？」

我的心就在跟這二個想法拔河著，也讓場面安靜了很久。

最後，我下定決心採用天使想法。我跟孟沟紋說：「謝謝妳這麼愛我，我送上我對妳最深的祝福，希望妳可以找到一個比我好的男人和妳相守這一生。」

孟汋紋聽到我的答案，臉上瞬間閃過一絲失望的表情，但轉眼即逝。

孟汋紋強顏歡笑地說：「謝謝你約我出來跟我說清楚，我會帶著你的祝福勇敢地走下去。對了，我準備要去澳洲打工度假，到時再給你寄明信片。」

儘管心裡再怎麼不捨孟汋紋這個房客，但她的租約已經到期很久了，我的心這一次要徹底地將她搬出去，不然對小文北鼻不公平。

當我要撥給小文北鼻時，理由中打給我了，不知道他又要找我做些什麼。

6

每次理由中打給我的時間都很鳥，根據我的統計有百分之四十三我在睡覺，百分之三十四在大便的時間打來，令人生氣的是有百分之二十三是我要享受兩人世界的時候。

而這次我正要約我的小文北鼻去屏東的墾丁走走，享受入伍前最後的甜蜜時光，他就又打來亂。

我接起來後，用很不耐煩地口氣說：「你趕快把你要說的話說一說，我等等要帶你的嫂子去墾丁走走，享受入伍前的兩人世界。」

通常，理由中聽到我這樣說，他都會學狗叫三聲來嘲諷我是小文養的一隻小狗，片刻都離不開主人。

不過，這一次卻十分反常，他完全忽視我那不耐煩的口氣。他用跟他人一樣噁心且諂媚的口吻說：「聽說，你昨天麻將贏黎群他們八千多唷，好厲害。」

聽到他這樣說，我就知道他的目的了，他的目的就是要打劫我的錢包，要劫我請客。

理由中接著說：「我跟黎群他們說了，晚上請你吃阿鴻燒烤，當做幫你辦個入伍前的餞行，然後吃飽飯後的唱歌，就算你的。」

理由中的話我思考了一下，我決定答應理由中所說的。反正，我要去當替代役了，暫時也用不到什麼錢，加上懇親的時候還要麻煩他們來探望我，現在就讓他們開心一點，到時也比較好使喚他們。

雖然，我決定答應理由中所提的要求，我並不能展示出我是弱勢的一方，我要提高我的姿態，所以我假裝思考他的提議，不馬上回覆。

欲拒還迎是談判的不二法門。

我故意吐了口氣地說：「請你們唱歌是沒有問題，不過你們做好心理準備，今天我跟你嫂子一定瘋狂地大點菜，有可能吃到你們的錢包不夠付。因為，我吃不飽又吃得不盡興的話，極有可能沒有力氣唱歌唷。」

理由中聽到我的回答後，不以為然地說：「晚上隨便你們點菜啊！看你是有多會吃。」

他這樣一反常態的回答，讓我有被嚇到的感覺，因為理由中不會平白無故地請客，他答應的如此爽快，晚上可能有我意想不到的情況會發生。

和理由中說完電話後，我看一看離約定的時間還有三個小時，我買二瓶午後紅茶，帶著小文去英國領事館看風景喝奶茶，享受一個屬於我和她兩個人浪漫的午後。

晚上，我們幾個兄弟各自帶著自己的女朋友來到阿鴻燒烤，但我們都發現到今天晚上的亮點，就是理由中「居然」也帶著女伴來赴約。

原來「女伴」是理由中如此爽快答應請我吃飯的理由，因為他想在女伴展現他大方的一面。

我、黎群和堯堯看到此景，三個人的下巴頓時喪失關閉的功能，我們也一直瘋狂地揉眼和捶打自己，企圖說服自己看到的場景都是假的。

為什麼我們對理由中帶女生來吃飯會那麼吃驚？那是因為理由中的好人卡跟灌籃高手的櫻木花道一樣多，都至少已經集滿五十張。

他從國中開始的感情生活就是一直亂槍打鳥，又一直被鳥打槍，無止盡地輪迴著。

他永遠不清楚自己在愛情裡他要的是什麼？

所以他在感情中都是以失敗收場，因為他看不清楚自己的市場定位。

我們都勸他要找一個真正懂她的女生，然後用盡一切的力量追求，設法贏得她的芳心，不要再亂槍打鳥了。

我們把理由中拉過去旁邊，我們不可置信地說：「你到底給這個女生多少錢，怎麼可能她會願意跟你這個『高雄櫻木花道』出來吃飯？」

理由中的鼻子伸縮了三下，對我們看他那麼沒有，感到嗤之以鼻，他很有信心這次他可以順利地開花結果。

在我看來，理由中這個人的優點就是擁有無可救藥的樂觀，任何事情發生在他身上，不管好與壞，他都可以想到好的方向去。

理由中不以為然帶著自信地說：「你們不要那麼看我沒有好嗎？一個蘿蔔一個坑，每個人都會遇到自己生命的另一半，之前失敗的那五十幾次是為了幫我這次的成功鋪路，你們看著好了，下次再出來的時候，我跟這個妹應該就是一對了。」

跟我們出來吃飯，最好攜帶個女伴去控制場面。因為單純地是我們兄弟聚會，吃完飯後我們就一定會上演《醉後大丈夫》所發生的狀況，這情況屢試不爽。

後來，為了避免這種狀況，我們都會帶上女伴，藉由女伴的力量去抑止我們少喝些。

不過，有個不成文的規定：「沒有女伴的人，就一定要喝到掛。所以在以前聚會的時候，總是我跟理由中兩個人喝到掛。」

但自從我陸續跟孟洵紋和小文交往後，就只剩理由中一個人孤零零地喝到掛。況且，我們每次聚會都有帶女伴，他總是都一個人來赴約，十分孤單。

大概吃了二十分鐘後，黎群開始發難四處找人敬酒，他一個開砲的就是找理由中的女伴。

他說：「美女妳好，妳是我們的新朋友，我乾杯，妳隨意。很高興認識妳！」

理由中的女伴看到黎群跟他敬酒，她有一些驚訝，也有一點手足無措。她看了看理由中，示意理由中幫她解圍。

這時候，理由中做了一個我們啞口無言的舉動，他拿起一支玻璃瓶的金牌給黎群，他也拿一支金牌，他敲了黎群的金牌後，他就直接開始喝了起來，嚇到在場所有的人。

因為，理由中是我們裡面酒量最差的，每次找他喝酒，他都東閃西躲的，要不就是喝的時候，像在喝尿一樣，表情生不如死。

但他今天為了他的小馬仔，展現出他真男人的一面，眉頭皺都不皺地把一支玻璃瓶的金牌喝完。

經過理由中和黎群這樣開場後，氣氛開始熱絡了起來，而理由中的小馬仔逐漸地融入我們這一群裡。

堯堯決定幫理由中做球，讓他在他女伴面加分。

他提議說：「距離我們訂的包廂時間還有一個小時，我們來玩一下真心話大冒險，就續攤去唱歌。」

要做球給理由中，我們當然要讓理由中輸或讓他的女伴輸，藉由遊戲使他們更加地親密。

前面四次很順利地讓理由中玩得很開心，我們在旁邊觀察他們的互動，似乎這一次理由中有可能會修成正果。

該死的最後一次，黎群的力氣用過頭，轉到讓酒瓶指向理由中右邊的兩個我。

黎群又賊賊地笑說：「你要真心話還是大冒險，你自己選一選。」

我覺得這是一個相當好的機會，我可以藉由真心話讓小文知道她就是我今生唯一的女人，另外我還可以修補上次孟沟紋所造成的裂痕。

我篤定地說：我選擇真心話。

說完後，我用眼神向堯堯示意，由他向我發問。

當堯堯要開口的同時，小文先發制人地開口向我問道：「我是不是你最深愛的小公主，你要摸著良心回答，不然小小濠會爛掉唷。」

這個時候，說什麼都是多餘的，我上前給小文一個熊抱，並深情款款地看著她說：「妳是我今生唯一想攜手共度一生的女人。」

當我說完這話後，全部人都去找垃圾桶，要把剛剛吃的全部吐出來，不然食物積在胃裡很不舒服。

7

來到錢櫃唱歌時，我赫然發現今天的包廂與之前還在追求小文時唱歌的包廂是同一個，都是五二〇。

進去之後，大家開始瘋狂地點歌，黎群他們知道我幾杯黃湯下肚後，就會霸佔著麥克風，開始自己的免售票演唱會。

今天這個場子，我卻發現異常地不對勁，因為理由中居然沒去點歌，而是在自己的女伴旁邊裝醉，偷偷靠在人家肩膀上。

我對這種藉著酒意偷吃女生豆腐的行為感到相當地不齒，怎麼可以在沒有完全確定女生的心意，就使用這種豬哥的招數呢？這很有可能會弄巧成拙，印象可能會由紅翻黑。

不過，我可以體諒理由中的行為，因為他從來沒享受過和喜歡的人有一些親密的動作，只是我認為他現在的時機，是有點操之過急。

於是我拿起我的哀鳳4偷偷錄下理由中的豬哥樣，方便我以後可以利用這段影片要脅他幫我做事。

沒想到，理由中這次一反常態，他有注意到我偷錄他，但他卻不動聲色。

大約過了十五分鐘後，他享受完靠在小瑜肩膀的感覺後，他跑去點了十二首他在KTV必唱組曲，他向我走了過來。

理由中說：「你不要以為我不知道你剛剛有偷錄我躺在小瑜肩上，你以為這個影片可以拿來使喚我幫你做事情，我只能跟你說你想多了。往後你要積極幫我跟小瑜做球，不然我會讓你死得很難看。」

我挑眉地說：「我幹嘛做這種吃力不討好的事情，況且我幫你，你也不一定會成功。不好意思，我要拒絕你的請求。」

理由中賊笑地說：「那好，我這裡有你早上跟孟洵紋在博愛路星巴克的照片，我拿去給小文看，跟她說你跟孟洵紋還有聯絡。」

理由中的話，頓時讓我晴天霹靂。

我不敢相信理由中會有照片，我結巴地問理由中說：「你……怎……麼……會……有……？」

理由中說：「他們那家店有一個女店員，我注意很久了。我今天早上鼓起勇氣地要去搭訕女店員時，跟她要電話的時候。我發現你跟孟洵紋在那裡，就幫你拍一張照片當做紀念了。」

我聽到他這樣說，真的心裡很多的○○××。

我曉以大義地說：「兄弟，把照片刪掉啦，我跟孟沟紋今天談完後，以後就沒有交集了，你留這照片，那天小文看到我不是又要解釋一堆。」

理由中說：「要我刪掉可以，你趕快把影片傳給我，我要好好保存起來，這是我第一次靠在女生肩上。」

和理由中講完話後，剛好我點的歌也來了，我就去獻唱給我的小文聽。

而我就以為理由中就在收到我的影片後，就會馬上把我和孟沟紋的照片刪掉，所以我也就沒把這照片的事情放在心上。

我對著小文唱劉德華的〈妳是我的女人〉，我用我深情的小眼睛加上富有磁性的歌聲，一句一句地以唱歌的方式告訴小文——妳就是我的女人。

而趁著我唱歌的時候，黎群他們也開始以玩吹牛的方式，幫理由中做球，讓他跟小瑜的曖昧指數快速地升高。

看著理由中和小瑜還在追求與曖昧不明的階段，讓我想起三個月前，我和小文也是處於這個階段。

只能說上天真的很眷顧我，讓我跟小文現在可以牽著彼此的手陪伴著對方。

我看著理由中開心且帶有手足無措的樣子，我真覺得人在自己喜愛的人面前，就會退化成孩子。

孩子的特性就是敢愛敢恨，一旦認可了一個人，就會付出自己所擁有的一切，只為了換得自己所喜愛的人一句簡單的謝謝或一個只屬於自己的微笑。

人海茫茫之中，我們很難得去遇到你喜歡他，而他也喜歡你的人。我想到這裡，我將我身邊的小文摟著更緊一些，並在她的唇上蓋上我李濠的印記。

當我給小文送上這一吻後，我發現到黎群的臉色有一點不太好看，我在往他的女朋友小沛那裡一看，我就恍然大悟了。

因為，我看到小沛把她的嘴巴嘟了起來，慢慢地往黎群的嘴巴靠了去。

女朋友主動索吻，如果是一般的男生，都會毫不猶豫地猛力親下去。但黎群這個人有一點奇怪，他只喜歡看別人在他面前玩親親，真要他在別人面前玩親親，他就臉馬上扭曲了起來。

理由中有針對黎群這個現象，特別去翻閱相關心理學的書籍。他說黎群這個症狀是「人群眾多之不敢親熱恐懼症」。

要改善這種症狀的解決之道，就是要勇敢地把愛發自內心地做出來和說出來，就是要在人群面前多多對自己愛的人表現愛意。

小沛的嘴巴已經嘟到黎群的面前，當黎群還在顏面神經失調親不下去時，忽然有人從他的頭後把他往前一推，而這一推讓黎群不再顧慮，剎那間跟小沛熱吻了起來。

熱吻並沒有讓黎群忘記要去找誰推他的後腦勺，他發現到理由中幹的好事之後，他的笑容馬上從甜死人不償命轉換成賊頭賊腦的模式。

黎群大聲地吆喝著：「怎麼可以只有我跟李濠這二對親親呢？要親就要現場四對都要親。李濠你說對不對？」

黎群的話一說完，換理由中的眉頭一皺，

之前的五十幾次失敗，他都太心急了，他急著讓對方知道自己的心意，而忽略一下子把自己的情感全部吐露出來，會讓對方覺得有難以承受之重，於是對方就跟他說「謝謝，再聯絡」。

所以這次他要改變自己的心急，他對小瑜要採「溫水煮青蛙」的攻勢，來試著擄獲小瑜的心。

但黎群的這一個提議，把理由中和小瑜搞得相當尷尬，理由中趕緊使眼色跟我求救。

我看那理由中的眼神活像隻哈巴狗似的，讓我起了憐憫之心，又加上我看到理由中比著他的手機，警告著我我如果不幫他，我和孟沟紋的照片馬上就會被小文看到。

我硬著頭皮幫理由中打個圓場，我說：「理由中，你不敢親小瑜的話，也不是不可以，你就自己喝一手啤酒，這兩個選擇你自己選擇一項吧。」

理由中聽到我的話後，有如得到了救贖，他馬上打開桌面上的六罐啤酒快速地喝了起來，完全不讓黎群有在任何說話的時間。

之後，我們利用錢櫃的評分系統玩起歌唱大賽，由最輸的一組請大家吃早餐。

其實，比賽結果在比之前就已經知道的。理由中在錢櫃唱歌從來沒超過八十二分，最起碼就贏不過我唱〈你是我的女人〉，因為我唱〈你是我的女人〉的平均分數是八十八分。

歌唱大賽結束後，理由中要付六個人的早餐錢，他強忍著他痛苦的情緒，陪笑地請大家吃完早餐，就送小瑜回家。

我帶著簡單的行李來成功嶺報到，展開我一個月的新兵訓練生活。

在成功嶺受訓的日子，我真覺得每一秒都是漫長的，而我每天最開心的時候，就是晚上打給小文的時候。

或許當兵的生活過於單調，讓我本來就多愁善感的心更加地敏感，加上又看不到自己的女朋友過得怎麼樣，只要我打給小文，她沒有接我的電話，我就會開始胡思亂想。

我會想著，會不會那些蒼蠅趁我不在的時候，對小文採取猛烈地攻勢，而小文一時抵擋不住，就讓我戴起綠色的帽子。

到要懇親的前一天，我打給理由中他們，我千叮萬囑要他們明天早點來，務必要讓我成為連上第一個領出去。

交代完他們之後，我打給小文，卻發現小文跟她的同事在夜店玩得不亦樂乎。

我馬上聯想到，我女朋友有可能正跟別的男人在貼身熱舞，我卻窩在成功嶺吃饅頭。

我生氣的情緒馬上衝到我的腦門，我透過電話向小文大吼著：「妳到底有沒有心，妳男朋友明天是懇親會，妳現在還在夜店玩，妳要是這樣漫不經心，妳明天可以不用來了，因為妳完全沒有把我放在心裡。」

當我說完這氣話之後，我馬上後悔我話講太重了，於是我要跟小文說道歉的時候，我發現公共電話在嘟嘟響，我想要補錢，卻已經來不及，電話斷掉了。

明天小文會不會出現在我的懇親場合上，我只能自求多福，因為小文的脾氣比石頭還硬，被我這樣一罵，極有可能不會出現了。

8

在當兵的時候，如果你是全連中第一個被領出去的人，你會享受到一百多個人對你投射羨慕的眼光，我為了要滿足我那小小地虛榮心當第一個被領出去的人，我跟理由中他們說的懇親時間提早一個小時。

為什麼要跟他們說的時間往前提早一個小時呢？

因為，他們毫無時間觀念，我們每次要一起去哪，計畫的時間永遠都要比出發時間早最少一個小時，才不會耽誤到行程。

為了防止這樣的情況在我的懇親上演，我只好出此下策去欺騙他們，來確保他們的準時到來。

懇親當天，我還自信滿滿地跟我的同梯謝宜儒說我一定是第一個被領走的，時間一分一秒地過去，我看著我的同梯一個一個地被領出去，而我卻等不到班長叫我的名字。

時間來到七點零五分，班長終於叫到我李濠的名字，我終於可以享受這半天的放風時間。

我走出宿舍，我發現只有理由中一個人來，而且他的臉還醉醺醺的，走路走不穩地往我這走過來。

看到此景後，我的太陽穴附近的青筋快要爆炸了。這群人真的是有夠誇張，自己的兄弟懇親會，跑去喝得酩酊大醉，只派出理由中把我領出來，然後在車上睡覺。

這種應付式的懇親，讓我相當不滿，因為這跟我所想像的相差太多。

我所想像的懇親是我的兄弟和女人帶著很多好吃的來看我，並關心著我這一個月的近況，而不是一個醉漢用盡他最後的力氣來完成懇親手續把我領出來。

我不悅地問理由中：「你們現在是怎樣，叫你們早點來把我領出去，搞到現在才來，誇張的是其他人在車上睡覺，你們真的滿屌的，喝到早上再直接過來懇我的親，當給我恩惠是不是？」

理由中喝到已經快暴斃加上整夜沒睡，加上我的開場白就是兇他，他的火氣也馬上就上到腦門。

他不甘示弱地反擊我說：「你媽的，大家一趟路來懇你的親，你不但不知道感恩，一見面就亂發火，當兵很了不起嗎？我們是怕睡過頭，連夜開夜車來台中，到台中就先找個地方喝東西等來懇你親，誰知道賣檳榔的阿姨給我們報錯路，讓我們開到霧峰去，你真的不要不識好歹，怕你在軍中都吃得不好，買麥當勞的早餐給你吃。我再說一句難聽一點的，你家人跟你馬子都還沒有到，你憑什麼屌我們三個人。」

理由中說完話後，把麥當勞早餐往我身上一砸，轉身就往黎群的車子方向走過去，我看這個情況不妙，我上前去拉理由中的手。

這時我發現我說錯話了，我不該因為他們懇親沒有按照我的腳本，就對理由中亂發脾氣，人與人之間沒有什麼事情是理所當然的。

我賠笑地跟理由中說：「對不起啦，自己的兄弟你又不是不了解我，我就是愛虛榮愛炫耀，我剛剛還跟我同梯臭屁說，我兄弟一定是第一個把我領出去的。看到你七點零五分才把我領出去，我才會不開心，一時沒有考慮到你們的辛苦。」

在我跟理由中賠完不是的時候，我發現有人在偷錄我，我轉頭一看，發現是黎群和堯堯拿著手機在錄我和理由中賠罪。

這時，我才發現，原來這是他們想出來迎接我的招數。當我看到黎群和堯堯，我的淚水已經快從眼眶溢出來，又發現他們的身後是我朝思暮想的小文北鼻時。我的情緒瞬間潰堤，我抱著小文開始哭了起來。

理由中他們錄完我哭的畫面後，他們三人實在是體力不支，就跑回車上補眠，留給我跟小文相處。

小文靜靜地看著我吃麥當勞早餐，一句話都沒有說，臉上表情似臭非臭，讓我有點抓不太到她現在情緒的點。

有句話說：「伸手不打笑臉人。當你看到一個人充滿笑容地跟你說話，有百分之九十五的人是不會給臭臉色的。」

我用我最帥氣的笑容和裝可愛的口氣說：「小文北鼻，你還在生我的氣嗎？不要生氣啦，生氣臉會醜醜，不好不好。」

小文就在等我引出這個話題，她才好借力使力，取得我們談話的上風。

小文冷淡地說：「我先跟你說清楚，你昨天跟我說話大聲和口氣不好加上掛我電話，這筆帳我還沒有原諒你。我是看在黎群他們苦苦哀求我的份上，才勉為其難地過來懇你的親。」

我繼續笑笑地說：「小文北鼻，對不起。昨天，我是態度不好加上零錢沒有帶夠，才會讓妳誤會我掛妳電話，妳不要放在心上。不過，我也希望妳能體諒當兵的人，我這一個月的生活很單調，每天最開心的事，就是晚上跟妳講電話。所以，當我發現妳去夜店跳舞，我很怕夜店那些蒼蠅黏著妳，吃妳的豆腐，我是因為擔心妳，才會一時失控對妳大聲。我保證下次有事會好好地說，不會用不好的態度來跟妳溝通，只是我也希望，我不在高雄時，妳可以讓妳的生活盡量單純，少去那些場合，不然我會一直擔心妳的安全。」

當我跟小文說完後，我有點佩服我自己，我講得不卑不亢，以軟中帶硬的方式，讓小文知道我的底線在那裡。

小文聽到我的話後，我從她的表情有感覺到她有把我的話聽進去，她臉部的表情慢慢地柔和。

她也跟我保證，她以後會更小心謹慎在與異性接觸這方面。

在感情中，先道歉的人並不可笑，他不希望任何的不愉快去影響到彼此的感情，他知道很多的感情會有裂痕都是從一些小的不愉快開始，他寧可先道歉去彌補這些裂痕，那是因為他重視這一段感情。

我吃完早餐後，我牽著小文的手，在成功嶺散步著。我發現，一路上很多阿兵哥的眼光都往我們這裡投射過來。

我原以為，他們的眼光是訴說著：「好一對王子與公主。」

但我再定睛一看，我發現他們看完我跟小文之後，眼神對感情充滿了鬥志，難道是把我當成勵志哥了嗎？

歡樂的時光，總是過得特別快，一下子就到懇親結束的時間，我跟小文就以Kiss Goodbye，為今天畫上句點。

我期待著一個星期後的結訓假，我一定要好好地彌補我的小文這三十五天的空白。
沒想到回去之後，卻發現一個驚人的事情，讓我跟小文的感情觸了礁。

9

當兵的男人長期待在軍營裡，其實對一個正常男性是很殘忍的，當兵的年齡大多正值血氣方剛，悶在全是男人的營區，會扼殺正常男性精蟲的健康。

所以，當我放懇親假時，我迫不及待地要趕回高雄，想跟我的小文北鼻好好地相處一下。

為了給小文一個驚喜，我騙小文回來的時間，然後運用我在新兵訓練所學到的埋伏技巧，我偽裝地躲在小文家附近等她下班回來。

我忍受著被蚊子叮咬的痛苦，痴痴地等待小文回來，就是想第一眼看到她。

約等了三個小時後，有一台開著BMW 325i的車子停在小文家門口，我看到小文從那台車走了下來。

剎那間，我彷彿回到那時我去找孟沟紋，卻看到鄭鍑在旁的場景。那種不堪和窩囊的情緒，突然間湧了上來。

然後，我又看到那個不要臉的蒼蠅從車上走了下來，要想跟小文來個Kiss

Goodbye。

這時，我的情緒從不堪和窩囊轉變成憤怒與不解，我不解的是，我只是去當兵才三十五天，我的女朋友就已經開始跟其他人糾纏不清；我憤怒的是，為什麼我被小文要求絕對忠心，但她卻無法以等比的忠心來回應我們的感情。

更令我不開心的是，她在一個星期前在新訓中心，她還答應我會與異性保持適當距離，不讓我擔心。

當那個男的要牽起小文的手時，要往小文的臉龐親下去時，我實在是忍無可忍，我走了出來並大聲地說：「死蒼蠅，你他媽的手不要給我亂牽，她是我的女人。」

小文對於我的突然出現，她有嚇到。但她馬上對那個男的使眼色，要他先走，她會再跟他聯絡。

小文的這個眼神，被我很確實給捕捉了起來。當下我心裡浮出一個想法，我的小文可能被這隻臭蒼蠅偷吃到了。

那個不要臉蒼蠅飛走以後，小文的表情就像是孩子第一次做錯事般地無辜，試圖用無辜的眼神與表情，來讓我相信她和那隻蒼蠅是清白的。

我深了幾口呼吸來緩和一下我的情緒，因為堯堯有跟我說過：「處理感情時，絕對不能讓你的情緒凌駕在你的判斷力之上，不然很有可能做出後悔的決定。」

我找小文來到文化中心旁的巴木，來聽聽看她要怎麼解釋和死蒼蠅的關係。

或許，小文知道自己是理虧的，於是小文用起她那甜美中帶有無辜的口吻說：「帥北鼻，你剛剛看到的那個男的，他只是我以前國中同學，最近剛從美國回來，下班時在Gaza那遇到，他就說順便帶我回家，我們就只有見過今天這次而已，你一定要相信我。」

我如果聽妳說的話之後，就相信妳，那我不就是Low Can Son了。

我用冷酷且完全不帶任感情的口氣說：「我就看到他都已經要給妳親下去了，再給妳一次機會說實話，真的不要把我當白痴耍，妳怎麼說我就怎麼信。」

小文看來軟的沒用，她有一些惱羞成怒，她突然生氣並大聲地說：「如果感情之間沒有信任，那就分手啊！反正，我們也才剛交往不久，現在分手對我們傷害也不會太重。」

我聽到小文的要脅，心中暗自冷笑：「妳以為妳大聲，就可以把黑的說成白的嗎？」

這時候，我一定要更加地冷靜，因為小文的節奏有亂掉了。這就證明，她在這事情是理虧的，事實並不像是她所說的那樣。

我還是維持冷淡的口吻說：「如同妳所說的，感情之間是需要信任，但也要誠實。妳跟那隻臭蒼蠅擺明就是有戲，我希望妳可以誠實地跟我說清楚妳跟他之間的關係。」

小文這時還試圖要做最後的掙扎，她打算來個抵死不認，她認定我並沒有直接證據去證明她們關係不單純，而她的觀點也認為她跟那個男的並沒有什麼事情發生。

小文激動地說：「李濠，我可以跟你保證，我跟那個男生真的沒有什麼，會讓你有所誤會，是因為他在美國讀書所以作風比較洋派，有一些動作比較沒有男女之間應有的分際，但我真的和他是清白的，請你相信我。」

說實話，就算在美國讀書的人，也不會在第一次再遇到國中同學，就會牽對方的手，還要跟對方來個Kiss Goodbye，要硬拗也要有個限度！

我看小文那麼堅持跟那隻蒼蠅沒有戲，我就不再多說什麼，我便轉身離開了。

我知道和小文再說下去，只是會更不愉快而已，所以我選擇隱忍下來，但我之後對小文的言行會選擇保留，不會照單全收。

於是我跑去中正路上的漫畫王看漫畫，讓自己好好地放鬆休息，也讓我和小文之間有喘息的時間，好好地去思考該怎麼面對這次的蒼蠅事件，因為我們兩個人對於「與異性接觸」觀念上的差異。

我認為蒼蠅事件的真相應該是蒼蠅對小文有意思，但小文沒有保持好適當的距離。只是透過這次事件，我希望小文可以明白她現在是有男朋友的人，所以在跟男生的相處上要更加注意，不要給予過多的期待，讓人誤會會有發展機會。

要避免讓別人不要誤解妳的意思，就是依照彼此的交情去保持適當的距離。

這次蒼蠅事件，讓我了解到我和小文在「與異性接觸」的看法是有差異的，但當時我們都沒有發現這個差異，竟是我們之後感情走不下去的主因。

之後我放假的一個星期，小文變得更加地黏我，處處以我為中心，陪我四處去吃喝玩樂。

小文的表現似乎是要讓我淡忘掉那隻蒼蠅，看小文這個樣子，她知道她在這件事上是自己不對，但她臉拉不下來直接跟我道歉，我就順水推舟把那隻蒼蠅放到我腦子裡最深的地方，不再向小文提起這件事情。

畢竟，兩個人的生長環境並不相同，若要在一起，雙方就必須要有所退讓，因為感情是需要妥協，才可以走得長久的。

兩個人沒有必要為發生爭吵就一定要分出高下或輸贏，有時以退為進讓對方有台階下，對雙方來說才是雙贏。

分發的結果讓我十分開心，因為分發地點可以說是我的第一志願——鳥松區區公所服務台。

這意味著我的替代役生涯將在高雄渡過，就可以把想靠近小文的蒼蠅們給杜絕掉；另一方面，我也可以開始準備去英國留學的事物了。

替代役的生活總是單調且無聊的，每天坐在服務台一坐下就是在等五點三十分下班，然後就去補習英語，將自己的英語能力培養到可以出國攻讀碩士。

我報名大英國協的IELTS保證班，因為我必須要讓自己在六個月內提升自己到六點五分以上。這樣一來，我退伍後還可以跟小文享受兩人世界，等待學校申請的結果，只要結果一確定我就會動身前往英國讀書，不浪費到任何一點時間。

現在的我，不敢讓小文離開我視線太久，只要小文不在我的身邊，我就擔心她被蒼蠅們給黏住，然後就移情別戀了。

所以，我希望我自己可以盡可能地待在她的身邊過每一天。畢竟，二十三歲的小文正值青春年華，長得又很像安心亞，讓她在高雄男生界的評價一直居高不下，讓我每天都過著驕傲又擔心的。

白天在區公所服替代役，晚上在大英國協補習IELTS，然後等著小文下班來個小約會，這樣的生活簡單又充實。

我還在為可以擁有這種溫柔的小確幸，感到開心。我卻不知道，有一個暗藏的風暴要來挑戰我和小文的感情。

10

一如平常地，我在七點來到補習班。每次到補習班的第一件事，就是先觀察這堂課有沒有正妹出沒。

男人是一種視覺性的動物，天生對美的事物感興趣。所以，只要有美女出現在我的半徑二公尺內，我的正妹雷達就會將美女的方位，正確地告訴我。

上英文課，沒有提神的東西幫助我，我一定會在五分鐘內睡著。所以，我一定先看今天這堂課有沒有正妹，然後再坐到她的旁邊一起上課，來提升我上課的效率。

如果運氣不好，這堂課都沒有正妹的話，我只好效法蘇秦懸樑刺骨，讓自己的精神力維持在高峰。

畢竟這一次補IELTS是我人生最重要的一次考試，說什麼我都要在這一年月內考到六點五，順利出國攻讀碩士。

今天的運氣不錯，我的正妹雷達有偵測到一個背影正妹。我選擇背影正妹右邊空位坐下去後，用我的左眼偷瞄背影正妹，試圖了解背影正妹的臉蛋是否正到翻掉。

可惜的是，妹的側臉被頭髮給遮住了，讓我無法用偷瞄了解到她的側臉。既然偷瞄不行，我只好用正面攻擊來看正妹的臉蛋。

我清一清我的喉嚨，要把我的聲音調整到最佳的磁性狀態，企圖讓背影正妹以好聲音對我留下好的第一印象。

我用可以媲美蕭敬騰的渾厚嗓音地開口跟背影正妹說話，我說：「不好意思，我可以跟妳借支筆嗎？」

背影正妹頭也沒抬地說：「你沒帶筆跟人家來什麼補習班補習？可以請你換個招式來搭訕好嗎？一年至少有二十六個像你這樣無聊的男生跟我搭訕。」

我聽到背影正妹的話後，心中暗想：「這個妹真夠直白，是不會給別人一點台階下去嗎？我又不是跟平常搭訕妳的那些蒼蠅等級一樣的男人，我可是『高雄的黃曉明』。」

為什麼我會有『高雄黃曉明』的稱號呢？因為，我親弟弟李偉看了黃曉明所主演的『上海灘』之後，他認為我和黃曉明都是屬於粗獷型的帥哥，而且眼睛都相當地深情，整體五官相似程度高達百分之九十五。

別的搭訕者可能會因為一點失敗而退縮，但我李濠的臉皮比大象皮還厚，不會因為一開始的不順利而打退堂鼓。

我只是單純地要跟背影正妹當朋友，並沒有想要有更進一步的企圖，只是想要在這補習班找到一個志同道合的補習班朋友，一起努力。

加上根據「我知女人心」堯堯大師的看法，女生第一次的拒絕有部分是在試探搭訕者的誠意。如果，你敢再開口搭訕第二次，會有很大的機會成功。

所以，搭訕一開始被打槍，不要給它往心上走，要放膽去嘗試第二次。

於是，我又開口了第二次，我很堅定地說：「我就真的沒有帶筆，不相信妳自己看我的鉛筆盒。」

背影正妹聽到我堅定的回答，她終於抬起她的頭看我。

只是當我看到她的臉時，我的臉開始瘋狂地抽蓄，因為我看到了一個應該不會再出現我生命的女人——蔣琳。

雖然，我的心理狀態是吃驚，但我的表情絕對不能表現出來，不能讓蔣琳知道我情緒的節奏因為她走掉。

我壓低我的聲音企圖去掩飾我的驚訝，我故作淡定地問蔣琳說：「妳怎麼會來補IELTS?妳也要去英國讀書嗎？」

蔣琳似乎沒有把之前跟我告白被我拒絕的事情放在心上，她相當自然地回我說：「你問什麼蠢問題，我來這裡當然是補習IELTS，然後去英國讀書。難道，你以為每個人都跟你一樣來補習班把妹嗎？李低級。」

其實，當初跟蔣琳跟我講完對我的感覺後，她就開始躲著我，要藉著遠離我把對我的感覺慢慢地淡掉。

我知道她的想法，我尊重她的選擇，放手讓她慢慢地離開我的交友圈，而我卻是期盼著有一天她可以想通，再跟我做朋友，畢竟她是一個很好的朋友。

對於再一次遇見，我曾在我的腦海中演練過數次，要該怎麼再面對彼此，只是我沒有想到會是在這樣的場合與蔣琳重逢。

不過看蔣琳對我的態度如跟我告白之前一樣，就是要我把她當成男的來對待，其實蔣琳這樣子，對我和她才是最好的相處方式。

我不甘示弱地反擊：「坐在美女旁邊上課，是我提昇上課效率的方法。只是，我今天眼鏡度數可能不夠，誤把妳當成正妹了，真是不好意思。」

當我話一說完，我的左手臂感受一股疼痛，我循著痛的感覺去找出源頭，我發現是蔣琳用她那個尖得像金鋼狼的指甲捏我。

跟蔣琳的一打一鬧之下，我很開心與她相處那種熟悉的感覺又都回來了。

接下來的補習生活，有了蔣琳加入後，變得有趣很多。有個夥伴跟你一起為了同一個目標努力，是會讓你學習效果有所提升。

隨著考試的時間逐漸地逼近，我跟蔣琳除了在補習班互相為對方加油打氣，也會利用彼此都有空的時間一起約去讀英文。

也是因為我都把生活重心放在十二月底的IELTS考試上，讓我對小文的關心分散了不少，因此小文覺得自己被冷落了，而開始有一些負面的情緒持續累積，只是我都忽略了。

小文被冷落的情緒一直積累著，終於到某一天爆發了出來。

當我準備要出門跟蔣琳去讀英文時，小文打給了我。

小文有一點不悅地問我說：「今天是星期日，你有什麼打算？我們要不要一起吃飯？」

我那時候眼睛真的很白，沒有聽出小文聲音的不悅。我本能反應地說：「我跟朋友約好了，我們要一起去讀英文。」

當我說完之後，小文長期受到冷落的不滿情緒爆發了出來，這些情緒又經過時間的淬鍊，威力強大到我一時之間亂了分寸。

當我在思量著要怎麼安撫小文時，小文給我來了一個殺手鐧——她要檢查我的手機，她懷疑我可能假借讀書之名義，行偷吃之實。

她限我十五分鐘內，到她家的美而美見面，如果遲到超過五分鐘，後果自負。

我利用到她家當中，等紅綠燈的時間，把我跟只要是女生的對話記錄都刪得一乾二淨，免得到時候又要解釋一大堆。

或許就是刪得太過乾淨，讓小文覺得我一定有鬼，不過她卻選擇不跟我正面開戰，她決定要隔天請一天假，來跟監我的行程一天，去證明她女人的第六感是否正確。

我與小文交往以來最嚴重的吵架，則是在隔一天我上完英文課，跟蔣琳有說有笑地走出了教室，被她撞見。

當我跟蔣琳走了出來，我們還想說再去五福路上的麥當勞加強時，我看到了小文守株待兔地把我給等了出來。

她一看到我跟蔣琳走在一起，臉馬上轉成狂風暴雨模式，就在我跟蔣琳離小文還有十五公尺時，我向蔣琳使了個眼色，今天先取消課後加強，並要她先離開。

11

小文一臉鐵青著與我坐在五福路上的麥當勞，她雙手插在胸前，一臉就是要我給她給個交代。

可是，我完全不知道我做錯了什麼，對於小文要的交代，我真不知道要怎麼給予。

我還是展現我男人的風度，我用著我那輕聲且溫柔的口氣問小文，她到底在生氣些什麼。

我的語氣輕柔中帶有疼惜成分，我說：「小文北鼻，我是做錯了什麼嗎？讓妳生氣成這個樣子。」

有時人在氣頭上，又看到自己在生氣的對象不知道自己在氣什麼，容易把自己切換成失控模式。

小文不顧麥當勞裡還有其他客人，她直接指著我開罵。

小文向我大吼著說：「你不要給我裝沒事，剛剛跟你走在一起的女人是誰？最近是不是都跟她出去？」

原來，小文是以為我背著她偷吃，而在生氣。

對於情緒處在暴怒狀態的人，不要跟她一起陷入在那暴怒的情緒裡，因為只會一起讓情況越來越失控。

我冷靜地跟小文解釋蔣琳是誰，我從我跟蔣琳大學所發生的事情都一五一十地跟小文說，我希望小文聽完後，她可以放心我和蔣琳是不可能的。

不過，小文應該是將我從補IELTS這二個月來所受到的冷淡，一併在今天爆發出來，她認為我說的每一句話都是在推託。

小文還是生氣地說：「就算她以前喜歡過你，你也拒絕過她。但你有必要跟她在補英文時形影不離嗎？你不知道自己是有女朋友的人嗎？你不知檢點！」

儘管小文罵我罵得很難聽，但我知道小文生氣是因為她在乎我們的感情，所以我依然地好聲好語跟小文解釋整件事情，並不是她所想的那樣。

我心平氣和地說：「小文北鼻，因為我只是把她定位在一個朋友的角色上，所以我之前才沒跟妳說我和她的事情，造成妳的不愉快，我真的很抱歉，我保證以後不會再犯。」

接著，我採取哀兵姿態地說：「我對妳完全地坦白，什麼妳想看的想知道的，我都通通讓妳知道，我都做到這個份上，妳還不相信我是只愛妳的嗎？」

小文聽到我這樣子說，火氣不但沒有下降，反而還飆升。

小文的回話越來越尖銳，她冷笑地說：「你真的很敢說ㄟ，你昨天明明把手機的對話記錄都刪光光，現在還敢跟我說坦白？你要不要臉啊！」

聽到小文這樣子說，我的臉不自主地抽動了二下。原來我自以為聰明的刪掉對話記錄，讓小文更加重了疑心，也才會有今日的跟監行動。

我維持著耐心繼續與小文溝通我為什麼會刪除對話記錄，是因為我覺得沒有為了一些沒有的事情，有機會來破壞我和小文的感情。

我還是好好地跟小文解釋著說：「刪掉那些和女生朋友的對話記錄，就只是單純地不想讓妳誤會我和她們有什麼關係。如果我這樣的舉動讓妳感到不愉快和不安全，我跟妳說聲抱歉，妳王小文是我李濠這一輩子唯一認可的女人，請你相信我。」

我想說我的話都說到這個份上，不知道小文腦子裡是那根筋轉不過來，還是認為我跟蔣琳有什麼，我卻還在那邊死不承認。

和小文這樣子一來一往將近二個小時，我的耐心也終於被消磨殆盡。

我覺得，我都已經低聲下氣地跟小文解釋我和蔣琳的關係，並且也針對我刪除我手機對話記錄道歉，小文卻還要對我咄咄逼人。最後，我的情緒也超過壓力線，我也動怒了。現在的我，就只想著要把IELTS考過，去英國攻讀碩士學成歸國後，找到好工作給小文過上好日子。其他的事情，我想都沒有想過。

我不悅地說：「對所有的事情，我就已經跟妳解釋，信與不信我都尊重妳。妳常說，感情是要對彼此的信任與尊重。如果妳不信任我的話，那我們先分開冷靜一下。」

小文以為說繼續鬧下去，我還是會像以前一樣地讓她予取予求。她沒想到，我最後把話說得那麼硬，搞得她不上下的。

小文不甘示弱且賭氣地說：「分開就分開，沒有尊重的感情，我不稀罕。」

我有時候在想是不是我對於小文太過包容，她上次和蒼蠅差點在我面前Kiss Goodbye，我都已經選擇隱忍下來。

現在我只是跟以前的大學同學一起讀英文，她就小題大作，非要我給她一個交代，這讓我無法接受，我也就不再安撫她的情緒了。

我和小文就開始了冷戰，冷戰的這段時間，我有數度想去找回小文，但畢竟距離第一次IELTS的考試，也只剩一個星期的時間，還是先衝刺考試為我的優先。

堯堯聽說我和小文在麥當勞的事情，他覺得我真是一個人才，因為我和小文吵架的影片，被旁邊的人側錄上傳到Youtube，點閱率有八千七百八十七。

但堯堯跟我點出我和小文的一個問題，就是我們雙方對對方的信任感都不夠，才會引發這一次「蔣琳事件」。

一個星期過後，IELTS第一次考試也結束，考出來的結果是六，離我的目標六點五只有零點五的差距，只要我再努力一些，等保證班上完再去考應該可以達標。

在和小文分開的一個星期裡，我一直思考著我和小文的關係，我很明白小文要的是什麼，她要的是我足夠忠誠與安全感，我也盡我所能地給予。

只是我給予的和小文所期待的，總存在著落差。

也因為這個落差，讓我不太敢對小文完全坦白，儘管我承諾過要對小文完全坦白沒有隱瞞。

但當初我既然選擇小文做我的女人，我就有義務做到她能可以對我完全放心與信任，讓她相信我永遠只對她一個人忠誠。

我一直朝著這個目標去努力，希望時間可以幫我證明，我對小文感情的忠誠是不會改變。

我後來自己檢討了一下，我那天說的話有一點重了，也許「蔣琳事件」只要我再耐心地跟小文解釋清楚，那天應該可以喜劇收尾。

於是我的「不管對錯，主動道歉」觀念，叫我趕快跟小文道歉和好，男人的面子是不值錢的。

於是，我捧著一束桔梗去Gaza等著小文下班，希望小文下班後看到我會開心。

不過，我怕一個人等待太無聊，我找理由中一起陪我等，等到小文下班後，理由中就要自動消失。

要理由中這樣子做的代價，就是要請理由中吃他最喜歡的菜粽李和聽他被小瑜拋棄的事情。

為什麼要買桔梗送給小文呢？

因為桔梗的花語是「永恆的愛」，我要讓小文知道我對她的愛是永恆而不是永遠而已。

12

跟理由中約在成功二路上的菜粽李，我到的時候已經發現理由中已經在吃第四顆菜粽，而且有一點停不下來的跡象。

他這個人雖然很愛貪小便宜，但不至於到貪得無厭。他這樣子暴飲暴食，一定跟小瑜有關。

想一想，理由中也真的夠可憐了，每次看他都一頭熱地投入自己的感情，企圖要將自己的一切都奉獻給他所認定的女孩們。

只是他所追求的每一個女孩都對他這種追求方式感到厭煩，卻都沒有仔細和認真地去看待他的真誠，就直接拒絕他。

看理由中將一顆一顆的菜粽放進嘴哩，我想他這次可能要用暴飲暴食的方式，來讓自己忘記又被打槍的痛苦。

我安慰著理由中：「小瑜沒有成功沒關係啦，你再找下一個馬仔，一定會有一個馬仔喜歡你的優點。」

理由中聽到我的安慰後，情緒並未好轉，反而更加地低落。他冷冷地說：「你不要安慰我了，我每次都自我安慰說下一個會更好，於是我越挫越勇地去找尋我的真愛，結果就是我變成人稱的『高雄櫻木花道』。我要停止談感情五個月，好好地去思考自己未來的感情要怎麼走下去。」

看理由中的情緒低落到谷底，雖然我不太想聽他的事情，看他在陪我等小文的份下，我只好裝作很有興趣聽他的故事，讓他的情緒有一個出口抒發。我說：「小瑜是對你做了什麼，讓你這次那麼失智和失志。」

理由中就好像溺水的人抓到浮木般的，把我當作他的救星，於是他緩緩地開口說出他和小瑜發生的事情。

理由中帶著哀傷地說：「上次我們去唱歌，你不是看到我跟小瑜發展得還不錯，我想說我這次應該很有機會。因為，小瑜在唱歌之前已經跟我出去超過一次，已經破除我『黃一次』的魔咒。」

理由中接著說：「我就想說，小瑜已經打破我跟女生吃飯只有一次的魔咒，這次應該很有機會可以擄獲她的芳心。於是，我在唱完歌之後，我傳LINE給小瑜，想約她出去吃飯，多增加彼此相處的時間。」

理由中繼續說：「我卻發現小瑜對我有些冷淡，一開始我不以為意，想說她只是有其他事情在忙，我還是繼續傳其他的訊息對她關心與聊天，小瑜就只回我關心的訊息或聊天的訊息，對於我邀約的訊息卻不理不睬，我感到有些納悶，因為小瑜之前都不會這樣對我的。」

理由中停不下來地還在說：「於是，我再跟小瑜提出吃飯的邀約，但小瑜就好像自動跳過邀約的訊息，完全不理我。我有針對這個情況去問黎群，黎群跟我說我可能被小瑜打槍，確切原因不清楚。」

理由中說到忘我地說：「我故意冷處理二天，沒跟小瑜聯絡。到了第三天，我忍不住再跟小瑜問要不要出來吃飯，小瑜卻跟我說她有男朋友了。」

我聽到這裡，我覺得理由中所遭遇到的，誇張程度可以跟偶像劇比擬。

我安慰理由中說：「沒關係啦，就已經遇到了，算你運氣不好，下次認定好她是你值得付出的女孩子，你再付出你的一切。」

理由中語帶不甘地說：「我真的很不甘心，因為我很認真地對待小瑜，下場就是被這種爛理由給打槍，如果對我沒有意思，那為什麼還要給我希望呢？」

我聽到理由中這樣說，我沒有要安慰他，而是要跟他分享女生的看法。

我說：「兄弟，不要用自己的角度去設想對方的反應，感情本來就是要你情我願的，又不是你努力就一定會有回報的。她既然不肯接受你的好，你又何苦讓你自己陷入在這失望的漩渦呢？你只是還沒遇到一個真正懂得你的女生。」

理由中聽完我的勸告之後，還是一副要死不活的樣子，就很像當初我被孟沟紋打槍的我，對愛情感到悲觀與絕望，認為之後都遇不到對的人談好的感情。

身為朋友的我，有責任讓他知道正確的感情觀，我決定跟他分享我當初的心境，希望可以讓他早日走出悲傷。

我以過來人的經驗跟他說：「我說，你以前和現在遇到這些的女生，只是提早讓你知道感情苦的一面，只有先嘗過；之後你在品嘗甜的時候，你才會格外珍惜這一份甜美。」

理由中聽到我這番話後，感覺他有把我的話聽進去，他眉宇之間的結，也慢慢地鬆了開來。

我繼續說：「你要把你自己的內外在，調整到最佳狀態，這樣子你的真愛來臨時，你才可以用你最佳的狀態去追求，成功的機會也會比你亂槍打鳥還要大。」

理由中聽了以後，他說：「兄弟，謝謝你這番話，你說的其實我都了解，但心裡就是不甘心被這種理由給打敗。我一定會好好調整我的內外在，準備好我自己，等待我真愛的來臨。」

開導理由中要只對值得的人好，不知不覺就已經接近到小文下班的時間，我趕緊去Gaza門口去等我的小文北鼻。

小文下班後，看到我像英國皇衛兵地站得直挺挺等待她下班，她看到我這樣子，她對我的氣消了約百分之二十。

我趕緊向前幫小文接過包包，並摟著她走向停車的地方。只是一開始，小文還有反抗，不過最終還是屈服在我的厚實臂彎裡。

其實，小文也知道她那天有一點太超過了，但只是女生都有一些讓男人看不懂的自尊心，她不知道該怎麼下台，就只好等待著男人給予的台階。

男人明知道錯的不是自己，卻一定要學會幫自己心愛的女人搭台階，讓她走下來，這是男朋友的必修課程。

理由中知道我要去找小文求和時，他對於我這套「感情中先道歉的人，並不可恥」的說法，相當不以為然。

因為他認為，感情中兩個人是要對等的，而不是一方一直委曲求全地去維持感情。

我哄著小文說：「小文北鼻，不要生氣囉。那天我講話講得有一點太重了，希望妳不要放在心上，可以嗎？」

小文看到我的姿態放得那麼低，她就順水推舟地原諒我，來讓這一次的「蔣琳事件」落幕。

那天，我帶小文去吃胡同燒肉，晚上並一起住在四季汽車旅館，好好地讓感情再往上精進。

13

因為，晚上和小文吃燒肉，又一起住四季汽車旅館，耗費掉我不少的精力，所以當訊息來的時候，我已經睡死，完全沒聽到提示音。

好死不死，訊息來的時候，小文剛好起來上廁所，她就想說幫我看一下，結果一看之後，我又出事了，因為是蔣琳傳給我的。

蔣琳給我傳的內容過於曖昧，讓小文看完後，瘋狂地往我身上招呼好幾個巴掌。

蔣琳傳的內容：「李濠，我真的沒有想到會在補習班跟你再次相遇，我再度選擇用哥兒們的方式跟你相處，來隱藏我對你還有感覺的事實，是不想讓你覺得尷尬。我傳這封訊息是想要告訴你，你還是我心中所認定的那個人，一直都沒有改變。」

突如其來的巴掌雨，把我從睡夢中給打醒，讓我有點不高興，因為我完全不知道自己又做了什麼，就要被一陣猛打伺候。

我按耐住我的脾氣說：「小文北鼻，怎麼啦？為了什麼事情發那麼大的脾氣？」

小文拿給我我的手機，並生氣地說：「你還說你跟蔣琳沒有什麼，你再騙啊！沒有什麼，女生會傳這種曖昧簡訊給你，你現在跟我坦白，你到底有沒有跟她背著我亂搞。」

我看完訊息後，心中暗自叫了一聲不妙。這封訊息在我跟小文剛和好的時間傳來，好死不死地被小文看到，讓我頭開始暈眩。

這封訊息要怎麼解釋到讓小文可以接受，真的在考驗我的機智。

我思考了一下，我想到了要讓「蔣琳事件2」落幕的解釋了，就是要肢體動作讓小文有安心的感覺。

我向前去摟小文，並她擁入我的懷裡，再用我最深情的聲音跟她解釋。

我深情款款地說：「小文北鼻，妳要相信我的心是在妳這裡的。我也是看了這封訊息才知道，蔣琳還是喜歡著我。但我對她真的完全沒有意思，過去沒有，現在沒有，以後更不可能有。所以，妳不要為了這個訊息生氣，趕快休息，春宵一刻值千金。」

小文也沒辦法說些什麼，在蔣琳這封訊息只看得到蔣琳的主動，我並沒有釋放出任何好感給她。

所以，「蔣琳事件2」我又安全下莊，漂亮地化解了危機。

從交往以來，我發現小文找我爭執的類型中，經過歸類後，大部分是她懷疑我跟別的女生有曖昧。

我一直努力用行動去證明我對小文的忠誠，但我也擔心小文對我的信心不夠，所以我決定要與異性減少接觸，避免有了接觸之後，還要一一向小文解釋。

隔天早上起來，我和小文吃著旅館的早餐，討論著平安夜要去哪裡度過。

我說：「我們去金典酒店訂一個房間辦一個主題趴，寶貝妳認為呢？」

小文聽到我的提議後，她也認為我的計劃不錯。

於是，我和小文分別約自己的好朋友來參加我們所主辦的聖誕趴。

我約了理由中、堯堯和黎群，而小文則是找她Gaza的同事們來參加。

當堯堯和理由中聽到小文的同事也要來參加聖誕趴時，他們二個請我去吃古拉爵，希望我可以在聖誕趴那天，可以幫他們製造機會，他們早就已經分別看好他們喜歡的女生。

理由中是喜歡Zoey，而堯堯喜歡的是Amy。當我知道他們二個色鬼喜歡的對象是這二個時，我頭開始在痛，因為這二個女生是有名的大美人，追求她們的人，排起隊來可能有六百公尺。

請我一頓古拉爵，我就要幫他們二個色鬼搭起友誼的橋樑，我真覺得相當地不划算。

所以我決定要給他們二個趁火打劫一下，讓我當媒人的價值發揮到最大，我跟他們說要他們二個要負責聖誕趴所有吃的和喝的，不然我拒絕出手相助。

我本以為我這樣子跟他們說以後，他們二個會知難而退。但一出我的預料，色慾薰心的二個人想都沒有想的就答應我的要求。

我想到平安夜那天，我只要付房間的錢，我的心情就是爽快，這樣的好心情牽動我的嘴巴開始奸笑。

理由中和堯堯並不是笨蛋，他們怎麼會不了解李濠的伎倆。他們二個決定要在聖誕趴上給我好看。

來到了聖誕趴的那一天，我們四男四女準備一起度過聖誕節。

為了幫我那二個兄弟能迅速地跟他們心中的女神，搭起友誼的橋樑。我們拆成四組玩遊戲，最輸的那組要服從最贏那組所提出的任何要求。

時間拉到趴踢的早上，我們四個兄弟先討論今天晚上要怎麼跑流程，才可以讓理由中和堯堯順利擄獲Zoey和Amy的芳心。

我們決定要先玩俄羅斯輪盤來打頭陣，輸的那組可以選擇喝其他三組所調製的飲料或者是做大家所指定的動作或遊戲。

我們又安排好輸的順序，第一局給理由中輸，他比較放得開，也可以把趴踢的氣氛給炒熱。

經過我們黑箱的作業，果然第一局輸的是理由中，我和黎群又故意把特調調得理由中完全入不了喉。

理由中看到那噁心的特調後，他就假裝他喝不下去，他要接受另外一種懲罰。女生們對於懲罰並沒有特別的想法，她們完全授權給我們男生懲罰。

於是，我們給予理由中的懲罰是，用新娘抱抱著Zoey繞房間三十圈，繞完之後親Zoey的額頭一下。

理論上，理由中聽到這一個懲罰，應該會開心地飛上天。可是，理由中卻有面有難色，他那非洲難民的身材怎麼有能力扛得動Zoey繞房間三十圈。

為了可以親到Zoey的額頭，理由中先呼吸一口很大的空氣，然後hold住那一口氣抱著他的Zoey繞房間三十圈。最後，Zoey也很大方地讓理由中親她的額頭。

理由中親完之後，黎群馬上叫他的女朋友小沛遞濕紙巾給Zoey，讓她擦拭被理由中汙染的額頭。

理由中看到黎群這個動作後，他要讓黎群知道他不是好惹的，他找黎群比賽一人喝一隻紅酒，誰沒一口氣喝完，就要被對方剃毛。

黎群和理由中這一打一鬧，可說是相當地畫龍點睛，讓大家的氣氛有明顯地熱絡起來。

俄羅斯輪盤大概玩了七、八輪，大家也因為這幾輪的遊戲下來，也開始熟稔了起來。

中場休息時間，看到理由中已經把小瑜拋在腦後了，努力地展現他的搞笑功力，逗得 Zoey 一直吱吱地笑，他想用幽默來讓他們變得更熟。

另一邊，堯堯則展現他的溫暖草食男魅力，藉由他那溫文儒雅的外表和成熟穩重的談吐，要徹底地把 Amy 的心裡那座高牆給融化掉。

看到他們二個進展得不錯，我也就放心了，畢竟那一頓古拉爵可是吃得我嘴巴都軟軟的。

14

我和小文則單獨地去旁邊的新光碼頭走走，新光碼頭對我們意義相當地重大。因為，當初我就是在新光碼頭跟小文求愛成功的。

和小文走在一起，我卻發現她的臉臭臭的，我知道她對於我一直遲遲地沒有對她表示，因為這是我們第一個的聖誕節。

我和小文走到上次告白的地點，我拿出我準備很久的講稿，要把我和小文這幾個月交往的心情與心意，訴說給小文知道。

我的演講內容如下：

「每個男人都是獨一無二的工匠，在每一段感情中，會為她喜歡的女孩純金打造一個后冠。

但不是每個女孩都會接受男人為其專屬打造的后冠。

只有命中註定的女孩，才看得出后冠的價值，而我認定妳就是我命中註定的女孩。

女孩，如果妳已帶上男人為妳打造的后冠，無論發生了什麼事情，都請妳不要輕易地摘下，放棄這一段感情。

因為后冠的美麗，是要經過共同擁有的甜蜜、衝突、謊言、包容和疼惜等等……這些經歷去冶煉，讓它更加地璀璨。」

我看著小文講這些話時，小文的情緒隨著我唸的一句一字，而慢慢地感動。

當我唸完時，我把我的手向右上舉起，並以順時針的方向畫了一圈，當我指到的方向，就放出愛心的煙火。

這樣一個聖誕煙火秀，是我送給小文的第一個聖誕禮物，小文被這樣突如其來的驚喜弄到情緒整個崩潰，一直抱著我哭，嘴巴還不停地說著：「我一輩子都要當你的王妃。」

我對理由中他們投射感激的眼光，謝謝他們幫我完成這一份給小文的聖誕禮物。

這一個浪漫的舉動，可是為我以後帶來不少的苦頭，但在當下我很滿意我送給小文的聖誕禮物。

對於我們這八個人來說，我送小文的聖誕煙火，對單身的理由中和堯堯可是利人利己，不過對有另一半的黎群應該會是苦不堪言。

單身的理由中和智堯利用這一場煙火，兩個人不約而同地靠近自己的Amy和Zoey，繼續加深她們對自己的印象，再伺機看有沒有可以進攻的機會。

黎群這個不解風情的男人，在聖誕節居然對自己的女朋友毫無表示，和我這個浪漫又有風情的男人一比，高下立判。

但我發現黎群對於聖誕節不對女朋友表示，還整個老神在在，一點都不擔心小沛會不開心。

我湊了過去，我跟他炫耀說：「你真的很誇張，聖誕節這一種大節日，你們居然對自己的女人毫無表示，此舉是犯大忌ㄟ！可以學學我嗎？一整個就是浪漫又解風情。」

黎群對於我此舉已為自己帶來萬劫不復的境界，卻又毫不自知，還在那邊沾沾自喜，感到無言。

他以過來人的經驗跟我說，你這樣子做根本就是自掘墳墓，以後你還有很多苦頭讓你吃到飽。

他說，在一段感情在萌芽階段時，切忌一下子就全部showhand，因為你一下子把底牌和能耐都掀出來了，除非你可以一直持續地把你的好加碼上去，不然很容易被喜新厭舊掉的。

黎群的一番話，讓我的脊椎開始冒出冷汗，我如果無法讓小文認為我的愛與對她的好是越來越好，那我們之後的感情很容易因為小文認知上的落差而有爭吵。

黎群以老前輩的身分，給我一些意見，這些愛情的意見，據說外面有宅男跟他開價二千元一小時請他傳授。因為這些意見，可以說是「愛情王」之稱的黎群，這幾年在愛情打滾的經歷。

他語重心長地說：「人內心都有潛在比較的功能存在，你看很多人嘴巴都說他們很隨性，不喜歡斤斤計較，一旦踩到他們的痛腳，還不都是急得跳腳。所以，你千萬不要相信『有心就好』這句鳥話。你的心意是有還無，完全是取決於她的看法，儘管你心意一直沒有變，但你的表達要慢慢地放，有時還要收一些回來，收放之間那個點，你要學習怎麼拿捏。」

原來，感情不是只有追求到就好，難是難在該如何維繫下去。

看來我要給小文思想重整，讓她的比較功能可以不要那麼強。

回去房間後，大家就三三兩兩地聊著天，我卻看到理由中一個人拿著一罐大百威，去陽台喝著吹風。

我走向前去，去關心那個白癡。我知道，他不開心的點是我們這些兄弟忘記他的生日。

我說：「你幹嘛要孤僻，你以為你一個人喝酒背影很帥氣嗎？現在沒有人流行當孤獨的一匹狼了。」

理由中有點失志地說：「幹！我真覺得我很可悲，已經快到十二點了，我的手機沒有半通祝賀簡訊，What's App和LINE也沒有訊息。可悲的是平常臉書隨便一個人生日都會有不熟的人會祝賀，我居然還沒有半個。」

原來，理由中會這麼多愁善感，是因為長期沒有得到女性的關愛，加上一年最少被自己喜歡的女人打三次槍，導致他的心態是敏感而且失調的。

我安慰著理由中說：「我們就是怕生日沒有幫你過，才把你搞這個聖誕趴的，你不要難過了，兄弟們都沒有忘記今天是你生日，你的蛋糕和禮物你自己轉頭看，早幫你準備好了。」

理由中轉身一看，他看到Zoey端著我們幫他準備的蛋糕，他差一點雙腿一軟跪在我的面前叫我一聲爸，來表達對我的感謝。

而今天的第二個高潮，則是在幫理由中過完生日發生了。

理由中拿他的手機，請小文幫他跟Zoey合照一張，結果讓我的悲劇就此發生，小文幫他們照完後，她點相簿看一下理由中和Zoey的合照OK不OK，結果她手不小心往左一滑，看到我和孟沟紋的在Starbucks的談判照。

當下，小文的臉色大變，為了不影響氣氛，她走了過來讓我看理由中手機的照片，要我給她一個合理的解釋。

我真的很想把理由中揍死，那照片不是早就叫他要刪掉，真的是眼睛白到一個極點，真的要把我和小文搞到分手，他才會甘願。

15

小文不想當場發火，破壞大家在聖誕節快樂的氣氛。她要我跟她去外面給她解釋清楚這張照片。

雖然，照片上我沒有做出任何逾矩的動作，但這次的困難點是在時間點上，因為我跟小文保證我跟孟洵紋沒有什麼之後，去找孟洵紋問個清楚的。這張照片就是說明了，我當初說不再去找孟洵紋的承諾是一個屁！

我們走到了新光路上人行道的椅子坐了下來，當我正要開口跟小文解釋的時候，我發現到小文的眼眶泛滿了淚水。這一個景象，讓我的心無比的愧疚。

小文用有一點悲傷的口氣說：「如果讓我看到這照片，是給我們之間的感情一個考驗，我會堅強地面對，現在我只想知道這張照片的真相。」

小文此話一出，我內心暗自驚訝，她這招以退為進相當高明。

在感情的處理上，我還停留在對小文見招拆招的階段，並還對自己可以在每一次爭吵後，都能安全下莊，而沾沾自喜。

而小文總是主導局勢的那個人，我後來才知道我的招式其實她都知道，但她沒有說破。

因為她會將我在爭吵中的反應與所做的承諾，把它們導向去對她有利的方向。

我到後來才知道，我和小文的感情就是在這些爭吵中慢慢地失去平衡。

會有這樣程度上的差異，我想應該是我和小文的感情經驗值差距，因為小文身邊從以前就不乏追求者，嚴格來說小文對於感情的進攻與防守可以說是職業級的，而我的感情經驗只有孟洵紋和她，所以我處理感情的招數，小文可以說是能完全掌握。

我帶著不捨的口吻跟小文說：「小文北鼻，我是為了要弄清楚和孟洵紋那段感情的一些疑點，我並沒有偷吃，請妳一定要相信我。」

小文聽到我的解釋後，覺得我說的都是屁話。感情都已經結束了三個月，還有什麼疑點需要弄清楚，完全不合乎常理。

她冷冷地說：「你覺得你的解釋，令人信服嗎？我跟你說，只要腦筋稍微正常一點的人，聽了都不會相信。」

我將姿態放得很低，我用可憐到不行的口吻持續跟小文解釋，我說：「或許妳會認為我的理由很牽強，但事實的真相就是如此，只是妳的心中已經認定我跟孟洵紋搞上，所以不願去相信我所說的。」

我接著說：「我現在可以跟你保證，我不會再有女性朋友，如果要認識新的女性友人，一定要先獲得妳的答應。」

我的這些話雖然是用可憐的口吻道出，但當中的每一句和每一字都如同原子彈般地往小文心砸去，讓她瞬間沉默了下來。

她內心知道我是清白的，因為那個時間點前後，我的行為都很正常，不像是一個有偷吃的男人。

只是她無法接受我對她的承諾，我卻沒有做到。而我也因為這個承諾付出了代價，我為了取信小文，這次是完全阻斷和所有女性友人的來往。

看到小文沉默了，代表她有把我的話聽進去，內心很高興我在這次爭吵中又做出了重大的讓步。

我知道我這次做出的讓步是非常巨大的，為了能在「孟沟紋事件2」安全下莊，這些讓步又算得了什麼？

我不介意在這一段感情中做出任何的妥協，只要這些妥協可以讓這段感情順利地往前進。

我向前抱住小文，小文被我這突如其來的舉動嚇到了，她試圖掙扎出我的懷抱，每一她掙扎時，我就將她抱得更緊，我用我的動作告訴她，妳是我唯一的女人，不要再胡思亂想。

小文確實地感受我擁抱的溫度，她也就不再掙扎了，乖乖地依偎在我的懷抱中。

小文依偎在我的懷抱中，她很認真地跟我說：「你知道女人在感情中就是要一份安全感，我不想每天都過著猜疑的日子，我希望這是最後一次好嗎？情侶間要的就是坦白對待彼此，我不想要每天疑神疑鬼地懷疑你對我們感情的忠誠。」

我聽到小文說的話之後，我的內心有一點被震到了，因為這個女人在愛情的成熟度已經超過二十三歲的女生了。

但其實我後來才知道，孟洵紋和蔣琳在小文心中埋下二顆炸彈，只是當時的我和她並不知道，這兩件事深埋在小文的心中，也是讓我們感情開始變質的催化劑。

平安夜這個晚上，對我們八個人來說都是收穫豐富的夜晚。

理由中成功約到Zoey吃達文郡義大利麵，他馬上忘記小瑜不理他的痛苦，開始準備自己，他要讓Zoey在和他吃達文郡時，對他印象加分，而最後可以有一個完美的結局。

而暖男堯堯和Amy的進展更是神速，根據黎群的瞇瞇眼瞄到我們離開飯店時，他已經牽起Amy的小手了，兩個人有說有笑地離開。

過完聖誕後，緊接而來的就是元旦，今年的元旦我沒有辦法像去年一樣帶著自己心愛的女人去外地跨年，我必須要把握時間加強我的英文，所以我請小文體諒我們的第一個元旦必須要很簡單地度過，我之後會好好地彌補她。

所幸，小文是一個識大體的女生，她能體諒我現在處於一個關鍵的時期。而我們的第一個跨年夜，則是在新統一牛排館度過。

我想說，既然沒有辦法陪小文去跨年狂歡，那就帶小文一直想吃很久的新統一牛排，在我的能力範圍內，我一定會給小文最好的一切。

那天，我和小文在新統一牛排館吃得很開心，也分享了彼此對未來的看法，我認真地告訴小文我未來五年內的計畫，讓小文了解到我對她不是談談戀愛而已，而是真的想攜手過度一生。

過了我和小文的第一個跨年晚餐後，接下來的日子我積極地準備IELTS，希望可以在退伍之前達到六點五分的目標。

皇天不負苦心人，經過我七個月不眠不休的苦讀，我終於把IELTS考到六點五分，接下來就是要等八月底的替代役結束。

我預計明年三月中先過去英國，先讀語言學校，一方面先來適應英國的環境，另一方面讓自己的英文的程度可以應付碩士課程。

而九月到明年的三月還有半年的時間，這是我和小文愛情中最甜蜜的一段時期，也是整段感情中最美麗的部分。

趁著要去英國這段時間的空檔，我安排在聖誕節帶著小文去台東找我的好兄弟曾真真，因為曾真真跟我說過，只要我帶著女朋友去台東找他，他就會負責我和我女朋友全部的開銷。

我從來沒有忘記曾真真的這一個承諾，於是我有女朋友之後，一直苦無時間去找他履行這個諾言，直到我考完IELTS以及整個學校也都大致確定，我就想去佔曾真真這一個便宜。

如果只有我跟小文去的話，我就是要出兩個人從高雄到台東的來回火車票，不然就是自己開車去台東。

我打了一下算盤，我決定找理由中和黎群一起跟我去台東，有他們在車上耍白癡，比較不會無聊；但其實最主要的原因是，我可以叫他們兩個分攤車錢，經過他們分攤之後，就比火車票便宜二百元了。

16

為了讓他們兩個心甘情願地幫我分攤車錢，我開著車分別去他們的家去載他們。希望到時在算油錢時，兩位老闆能心甘情願地幫我分攤。

大家的年紀也越來越大，像這樣子約一約就馬上出發的日子也逐漸在消失，所以我很珍惜大家還能一起出去玩的時光。

開車的途中，理由中一直低著頭在跟 Zoey 傳 LINE，完全把我們其他三個人當做空氣，希望他這次不會是自己在自作多情。

我從後視鏡看到黎群的眉頭深鎖，他從上車之後講的話沒超過十六句，低頭看著手機，似乎有什麼心事困擾著他。

他那付要死不活的樣子，讓車內不用開冷氣就很涼，不過會讓我們出遊的氣氛搞得很差。

我用關心地口吻說：「兄弟，怎麼啦？臉色那麼難看，是發生了什麼事情？說出來，我和理由中幫你想辦法。」

理由中停止跟 Zoey 傳 LINE，他重重地拍黎群的大腿內側。他說：「這車上都是自己人，有什麼心事就說出來，不要憋在心裡面。」

黎群可能是憋久了，聽到有人在問他，他就緩緩地訴說他的眉頭為何緊皺著。

黎群嘆了口氣說：「我昨天跟我曖昧的對象在聊 What's App，聊到一半我弟剛好回來，我去幫我弟開門，手機就擺客廳桌上，結果你嫂子從廚房出來就看到我們的聊天內容，就馬上掉頭回她家，現在完全不接我的電話，聽我解釋。」

我跟理由中聽到黎群出事的理由，我們兩個有點不敢相信，黎群是一個很小心的人，他會杜絕任何可能會讓他陷入不利情況的局面，包括感情也是。

理由中說：「是怎樣的對話內容，可以讓嫂子氣到直接走出你家，還不願意接你的電話。」

黎群看了小文一眼，因為小文的存在，讓他難以開口跟我們說是什麼對話內容，讓他女朋友小沛如此地生氣。

小文看到黎群的尷尬表情後，她馬上了解到黎群幹了什麼壞事讓小沛氣成這個樣子。

小文說了一句很經典的話，讓我的頭上頓時冒出三條線，她瞬間凍結了車上的氣氛。

她說：「你們男人十個中有九個，永遠管不好自己的小頭，都認為讓小頭多看看世面，是很酷的一件事。你跟我男人李濠都一樣，要偷吃就要有本事不要讓自己的女人發現，不要被發現後在哪邊裝可憐，沒有人會同情你的。」

讓我很意外的是，一向嘴巴很會說的黎群，居然沒有反擊小文的話，可以想像小沛有多生氣黎群，讓黎群都在擔心能不能跟小沛和好，而沒有心思去反擊小文。

當我正要開口打圓場時，理由中搶先一步說話了。

他嚴肅地說：「黎群，我們男人做錯了，就一定要展現我們最大的誠意去認錯，你還去什麼台東。李濠，請把車子掉頭，我們馬上回高雄，讓黎群去找小沛認錯賠不是。」

我聽到理由中說的話，我簡直快昏倒了。我都已經開到恆春了，結果要我掉頭回高雄去，那我跟小文甜蜜的台東約會該怎麼辦呢？另外，我加滿滿的油已經開了半桶，現在要我開回去，我怎麼跟他和黎群收油錢呢？

我一想到，我因為自己的貪小便宜，搞得我和小文的台東之旅不上不下。如果，我執意開到台東去，會錯過黎群和小沛和好的黃金二十四小時，也會留下個「不顧兄弟」的名聲，給人探聽。

台東之行，是我要去英國前和小文最後一次出來過夜遊玩，小文相當期待這一次的出遊，我貿然地開車回去，會不會讓她感到不悅呢？

我面對著友情和愛情的困難習題，怎麼做選擇都會有人不開心，但黎群的幸福，我又不能不顧。

我思索了三秒後，我決定帶黎群回高雄去挽回小沛，畢竟他和小沛分分合合那麼多次，卻還能一直在彼此的身邊，我們兄弟很希望能看到他們有完美的結局。

我用後視鏡看到了黎群感激的眼神，我知道我這個選擇沒有做錯，只是我旁邊的人臉色不太好看而已。

我用我的右手去牽小文嫩嫩的小手，我試圖用我掌心的溫度來化解小文內心的不開心，小文馬上把我的手甩開，並用眼神跟我說不要碰她，她現在很火。

小文並不想在我的朋友面前對我發脾氣，她考量到我在我的朋友面前已經被認定是一個怕女朋友的人了，她壓抑著「台東行」被取消的怒火，等理由中和黎群離開後再跟我發難。

我先把理由中和黎群送回家後，小文馬上就開砲了。

小文大聲地咆哮說：「你懂不懂什麼叫做尊重？我們自己的台東行，你硬要找理由中和黎群一起，這我可以不跟你計較；只是你有沒有想過，我們的台東之行和你朋友的事情到底哪個重要？」

我完全可以理解，小文為何如此地生氣，但我又覺得如果硬綁黎群去台東，讓他錯失和小沛和好的黃金二十四小時，我也很過意不去。

我又沒辦法跟小文誠實地說，我會找理由中他們一起去台東，是因為我想省油錢，這種丟臉的理由，我實在是開不了口。

我抱著小文，並溫柔地在她耳邊呢喃地說：「寶貝，只要和妳在一起，我認為在哪裡都是幸福的，難道妳不是這樣認為的嗎？」

我說完這句話後，我真的佩服我自己的反應能力，居然可以將一個很難處理的場面，用幾句話就可以化險為夷。

只是這些都是我一廂情願的想法，小文完全不理會我的話，她繼續對我開火。

她依然大聲地說：「你現在不要講這些冠冕堂皇的話來應付我，我跟你交往以來，你也只有在追求我和剛交往時，我認為你對我的在乎程度大於你那些兄弟。其他時間，我都覺得你把我當做次等公民，我沒有得到女朋友應有的待遇。」

我聽到小文這樣子說，我真覺得做人真的很難迎合到全部的人。我在我兄弟面前，我是一個對女朋友唯命是從的沒用人；在自己女人面前，我是一個只重兄弟的不負責任男朋友。

長期以來，我一直處於角色衝突的狀態中。我一直認為，我給了小文我的一切，但跟小文所認知的相比，還是差距甚大的。

我一直努力要做到小文心目中一百分的男朋友，只是我覺得女人的滿足點很高，男人往往很難滿足得了，除非這個女人是愛你的，不然你怎麼努力去付出，在她的眼裡可能都是個屁！

17

後來我成功地安撫好小文的情緒，我帶小文吃她最想吃的茹絲葵牛排，晚上帶她去金華酒店樓上看高雄市的夜景，最後我們倆在房間喝著紅酒度過我去英國讀書前兩個人獨處的最後一晚。

小文對於我後來所規劃的補救行程，她雖不滿意也只能勉強地接受，她知道她的生氣已經有了效果，她不用一直得理不饒人免得會有反效果。

而這半年的時間一下子就結束了，我和小文要面臨到分開一年半的考驗了。我去的英國班機剛好是白色情人節，小文知道我這一走就是要一年半以上，儘管我的班機是早上五點，她還是堅持要來送機。

在機場等待上飛機時，小文靜靜地待在我的身邊握著我的手，我的內心感到更加堅定，我必須要努力完成我所設定的目標，使自己的能力可以讓小文過上她所想要的生活。

到了英國之後，因為有著七至八小時的時差，我和小文幾乎都是台灣時間早上五到七點視訊，聊聊自己的生活狀況和周遭所發生的事情。

或許，這是我和小文第一次所面臨到兩個人不是在同一個國家的情況，我們很珍惜彼此能看到對方的時刻，而視訊的內容大多是關心彼此的狀況和聊聊生活周邊的事情。

但是歡樂的日子總是過得特別快，我和小文的感情也因為「遠距離」而開始有了爭吵。

開始上課之後，我為了快速打入朋友圈，我自願擔任台灣人所組成的學生會會長，這樣子我可以享受大家倚賴的感覺，我也開始認識到許多來自台灣的朋友。

為了不讓大家覺得我是一個難相處的人，只要是他們的邀約我全部都出席，也讓我和小文的相處時間慢慢地變少。

相處時間變少，就是感情開始有裂痕的第一步，小文等不到和我的視訊或者是視訊到一半我就睡著了，她認為我不重視和她視訊的時間。

有一天，我剛跟Steven他們去夜店喝完酒，回到宿舍時，已經和小文視訊時間晚了三十分鐘。

我趕緊打開鏡頭要和小文連線，卻發現小文不在線上。這時候，我的心一個不祥的預感浮現，我馬上打電話給小文要跟她解釋，但小文的電話卻是一直轉入語音信箱。

我知道小文一定是不爽我放她鴿子，所以她又要讓我找不到她的人，讓我也嚐嚐擔心愛人的滋味。

有一句話說：「人不要臉，天下無敵。」

為了可以聯絡上小文和她道歉，我不需要臉了。我馬上寫一封道歉文在臉書上並標註我和小文，讓我和小文的臉書好友看到我的道歉，我要讓小文知道我道歉的誠意。

道歉信內容如下：

「小文北鼻，對不起。請妳原諒我，我會改過自新，以後不可以跟朋友喝酒喝到忽略了妳，一定把時間多留給妳，也一定關心妳的感受和心情，請妳接受我深深地抱歉，也請妳一定要原諒我，我保證會痛改前非。」

因為要在臉書PO道歉文是需要相當大的勇氣，因為我的那群朋友們一定會毫不留情地恥笑我是一隻「馬仔狗」。

第一個開砲的是黎群，他的留言相當簡單，就只有三個字：「汪！汪！汪！」。理由中的留言也不惶多讓，他留的是：「你的雞雞呢？怎麼可以先跟女人低頭認錯。」還有許多讓人看了就火大的留言……。

一看到這幾個沒水準人的留言，我二話不說馬上刪除，避免小文看到更生氣。我只保留有幫我說好話的留言，藉由朋友們的留言，把自己塑造成一個誠意十足的懺悔者。

在臉書PO道歉文還標註小文，就是要讓她可以在她的朋友面前很有面子，男朋友被她吃得死死的，做錯事後馬上PO文尋求原諒。也讓她知道，為了尋求她的原諒，我不惜被我的朋友們恥笑。

在我PO出道歉文後的十五分鐘，我看到小文的朋友們開始按讚，我料想小文應該知道我有PO道歉文，我試著再打給小文，這次電話有通了。

當小文接起電話的那一刻，我聽到小文有睡意且哭過的聲音，我發現到我很自私，我只想到要趕快打入英國的生活圈，卻忽略到台灣有一個女孩孤單地等著我。

我認真地和小文說：「北鼻對不起，我這陣子忽略妳的感受，讓妳自己一個人面對著寂寞，我希望妳可以原諒我的疏忽，我保證往後的一切都將以妳為主，請妳不要生氣了。」

小文聽完我的道歉，她哭了起來，她邊哭邊跟我訴說我不在她的身邊，她有多麼地寂寞。

我安慰著小文，也告訴她我們的分開，是為了將來可以過上更好的生活，她短暫的忍耐和包容，是讓以後的幸福更加甜美。

由於我和小文目前的狀態是處於分隔兩地，小文出了什麼事情，我沒有辦法第一時間照料到，我擔心給其他蒼蠅可趁之機，於是我請理由中幫我照料小文。

我希望可以將「遠距離」這個不利我們感情的因素降到最低。

過了大概四個月，我在九月十九日生日時收到了一段影片，影片內容是小文自己一個一個去找我那群朋友和我的父母，請他們每個人說一些祝福的話給我。

當我看到影片時，我的眼淚一直猛流，因為這份禮物無比貴重，朋友和家人的祝福還有小文對我的心意，也因為這一份生日禮物，讓我堅定了我這輩子的女人就是小文。

不過，影片的敗筆就是理由中那一段，他居然給我放謎片，他怕我在英國沒有抒發的管道，讓我哭笑不得。

時間來到了十二月，我特地去倫敦買了一條 Tiffany 的項鍊給小文，並附上一封信，告訴她我在英國這九個月的心情。

小文收到我為她準備的聖誕禮物，她感動到一直哭，她沒有想到她先前無心的一句話，被我當真並且實現了。

我和小文現在的感情，比之前在高雄兩人一起時更加地好，因為我們透過遠距離了解到相愛的時間都已經不夠了，更不應該把時間浪費在爭吵上，而是放在分享與關心彼此的生活上。

小文感受到我是真的把她放在手心上，我也很開心小文可以感受到我對她的用心，也希望我們的感情，不會因為英國與台灣的距離而變質。

小文跟我說過完農曆年，她要飛過來英國陪我一個月，我聽到她這樣跟我說時，雖然我嘴巴有逞強地說不需要，其實我的內心是真的很開心她能來英國陪我。

18

小文來到英國之後，我除了上課時間之外，其餘時間我帶著她踏遍我平常去的每一個地方，我想要讓她知道與分享我在英國的一切。

根據我好朋友堯堯的說法，要讓自己妹子不想管教，就是要開誠布公地自己平常所接觸的人、地方和事物，妹子了解自己男人的生活之後，你跟她報備她還會嫌你煩。

他說，要使用這招的先提是你們要先交往，才可使用，而且使用之後，可以換得一定程度上的自由空間。

他說，人只有在對有興趣和想要關心的人，並且不清楚他平常的生活和接觸的人，才會有高度好奇心想要了解以及關心，當你完全坦白之後，她有相當程度上了解並掌握，自然而然你的空間也就變大了。

帶小文逛完我平常生活所接觸的地方之後，我帶著小文去看大笨鐘、倫敦眼、貝克街福爾摩斯的家……等等英國知名景點，我希望可以給她多留一些美好的回憶。

我知道跟小文交往後，我們處於聚少離多的狀態，她沒有什麼享受到戀愛的美好，所以我要盡我所能地對她好，去彌補我不在她身邊的時候。

我趁著小文在英國的最後一個星期，帶著小文去法國玩，我們還在巴黎鐵塔下留影，並做成明信片，在背後寫上給理由中滿滿的祝福，希望他可以找到和小文一樣好的女孩並帶她來。

理由中收到明信片時，雖然嘴巴有唸了幾句，但我和小文有感受到他的開心與感動。

小文在英國一個月的時間，很快就到了。送她去機場時，我們的眼眶都紅紅的，因為這一別至少要在半年，才有可能再看到彼此，我很怕自己無法順利畢業，這樣子小文又不知道要等多久了。

我為了可以順利畢業，接下來的課外時間，我除了學生會的活動之外，我幾乎都在圖書館讀書和準備論文，期待資格考和論文口試，可以一次就過關。

在圖書館，我遇到一個我不認識的台灣女生，我以為台灣人都會參加學生會，這樣子有人照應。沒想到，居然會有漏網之魚。

她一直都坐在靠窗邊第四排的位置，而我則是習慣坐在第二排走道的位置，和她開始有交集是因為我們都要拿同一本書查資料。

我跟理由中和堯堯分享我這段經歷時，兩個道德感淪喪的人，居然要我跟圖書館妹在一起度過剩下的英國時間，還說小文不會知道你在英國的風流事情。

我聽完他們這兩個人講的話之後，我很後悔讓小文跟他們走得太近，如果他們倆為了Zoey和Amy出賣我來換得情報，我不就欲哭無淚了。

我跟他們說：「兄弟，我只是跟你們分享美的事物，你們可不要有異性沒人性唷，把這個跟小文說ㄟ，她會胡思亂想的。」

但堯堯嗆我一句話，讓我啞口無言。

他說：「你不信任小文對你的看法，你擔心她知道你認識一個台灣女生，她就會聯想到你們有曖昧？我真覺得你內心裡，就是認定小文對你是不信任的。」

我嘆了口氣說：「不是不信任小文對我的看法，我是怕我和小文的認知有差距。如果孟沟紋事件與蔣琳事件又在英國上演了，我真的無力同時應付小文和課業。在這個我學業的關鍵時間點，多一事不如少一事。」

堯堯用勸告的口氣說：「給女人足夠的信任感和安全感，你還需要好好地幫小文建立好，不然你要一直提防著小文，你會很辛苦的。」

堯堯說的其實我都知道，只是小文認定足夠的安全感是否就是我目前所給予的？

我不敢肯定，在我能力範圍內我會盡力給予小文足夠的安全感。

圖書館女孩的英文名字叫 Bella，因為是同科系的緣故，我們越走越近，讓很多看過小文的學弟妹都懷疑我偷吃。

在一次學生會的活動，學弟 Kevin 湊了過來問我和 Bella 的事情。

我鄭重地說：「我和 Bella 只是好朋友而已，你們不要亂懷疑，給 Bella 聽到會很不好，人家是清清白白的女孩。況且，這種事情信者恆信，不信者不信。」

我其實很欣賞 Bella，不僅僅是她的外表，讓我更傾心的是她的內在。

但我知道，在感情的成分中，不是只有愛，絕大部分是忠誠。

既然，小文已經賭上她的未來和我在一起了，我又怎麼可以遇到一個可能比小文還好的女生，就變心。

於是，我時時刻刻提醒自己和 Bella 相處時，不可以輕易地對她動了心。

但有時候你會很無力，因為發現自己在感情裡做的努力，卻只是一個屁。

你試著讓對方放心，所以你與異性保持距離，但有時得到的卻是不同等對待。

每當我和小文的感情變得更好的時候，卻又出現考驗來試煉我們的感情是否堅固。

這一次的考驗，讓我對這一段感情第一次感到心灰意冷。

當我不眠不休地準備資格考試時，理由中在我們的群組發了一些照片，讓我瞬間流了眼淚，其中一張照片是小文跟 Amy 她們朋友一起去唱歌，有個男生摟著小文並親她的臉頰兩人單獨的照片。

我和小文在英國的這段時間，小文跟我說了很多她一個人在台灣的生活，她說她現在很少去酒吧和夜店，大部分都是下班了就立刻回家。

她說她現在的社交活動，最多了不起就是跟Amy她們看看電影或唱歌而已。

所以我相信小文她會有分寸的，從她英國回去之後，她出去跟誰一起玩，我都沒有在過問。我認為，小文可以理解成熟的感情是要讓對方可以完全放心自己所做的一切，不會做出傷害到另一個人的事情。

沒想到，小文卻狠狠地踐踏了我給她的信任。

看到這張親密照片後，我才發現這一切都只是我的自以為而已，是我太過輕視「遠距離」這個因素，小文終究還是抗拒不了誘惑，做出了傷害我們感情的事情。

考試的壓力和小文這樣的舉動，讓我在圖書館哭了出來，而Bella看到之後，馬上把我拉出去並關心我。

Bella在旁邊靜靜地聽著我說，並用手輕輕地拍著我的背，等我說完之後，她拉著我去酒把小酌，讓我的心情可以藉由酒精稍微舒緩。

Bella說：「你先不要想太多，等你了解清楚這張照片的背景，你再決定要怎麼做。他們也許只是很好的朋友，所以動作難免會比較親暱一些，你不要過度解讀啦。」

我邊哭邊說：「Bella，謝謝妳的安慰。只是，小文把我跟她勸誡的話，完全當放屁。去唱歌讓別的男人摟腰親臉頰，她是想讓我當烏龜嗎？她跟我說，我們視訊和講電話時間不夠，我就減少我的社交活動，盡量去陪她，讓她在台灣能安心。為了能順利畢業，每天不眠不休的讀書和準備論文，就是希望讓她對我們的感情，不用因為距離而在提心吊膽了。而我所做的努力，現在看來相當可笑。」

Bella就一直靜靜地在旁邊聽我宣洩著我的不滿與痛苦，後來我喝醉了，她就請人把我送回宿舍。

隔天起來，我發現我的口袋裡有一張便條紙，上面寫著：「做你自己，開開心心地過每一天吧！」

19

握著Bella寫的字條，我坐在床邊思考我和小文的關係。

會不會是因為年紀差了六歲，讓我們兩個人的價值觀很多地方有所衝突，儘管我們兩人為了這段感情，都對彼此有所退讓，試圖讓感情更加地圓滿。

但我第一次感受到無力感十足，她明知道我不喜歡她跟別的男生太過親近，而我也為了這個跟她吵了好幾次，她雖然都承諾會保持適當距離，但其實都沒把我的話聽過去，繼續我行我素。

讓我覺得她所說「請你放心，我會跟異性保持距離」的承諾，如果要以債券信用評等來分類，大概是屬於垃圾債券的等級，毫無可信度。

為了讓小文放心，我時時刻刻提醒著自己，不可以做出對不起小文的事情，讓她難過。

我請理由中幫我跟Zoey問清楚照片的背景，趁調查的這段時間，我看小文會不會主動提及此事，如果她有主動告訴我的話，代表著她是尊重我這個男朋友的，我們的感情還有救。

我早上跟小文視訊的時候，小文就如平常一樣，她認為跟別的男生照相摟腰親臉頰，是小事情，不需要跟男朋友我報告一下事情的來龍去脈。

既然，小文跟我裝傻，我就陪她裝下去。我等理由中幫我了解清楚照片的來龍去脈，再決定要怎麼跟小文攤牌。

和小文聊完之後，我要去吃早餐的時候，理由中傳訊息來跟我說他探聽的結果。

理由中的訊息內容：「我打聽清楚了，那個蒼蠅男早就在肖想小文了，但他很賤地是他不動聲色地跟Amy她們先打好關係，讓他可以順利地打進去小文交友圈，現在小文她們有什麼活動，都會約他一起來。」

我看完之後，我差點拿我的哀鳳5去砸我索尼三十二吋的液晶電視，我真的快氣瘋了。

我的女朋友不是傻妹子，就是存心給我戴綠帽。居然對有企圖的男人，完全不設防。

我傳給理由中說聲謝謝，我傳訊息給堯堯和黎群，問他們對這件事情的看法。

這種時候，我很需要兩個愛情王子給我一些意見。

黎群說：「你就直接跟小文挑明，要是再跟那個企圖蒼蠅男有所來往，我們就分手，一切到此為止。我跟你說，如果現在不讓她們斷乾淨，就會從摟腰親臉頰，變成在床上愛愛了。」

堯堯很贊同黎群給我的建議，他認為這個環節，我的處理如果還是柔性勸導的話，那麼小文以後會更得寸進尺。

我聽完兄弟的建議後，已經知道大方向該怎麼做了，但我想要在處理上可以更圓融。於是，我找了Bella一起吃飯，想聽聽她的建議，再決定我要怎麼跟小文開口，畢竟女人應該比較了解女人的想法。

Bella說：「你是不是真的氣不過你女朋友這樣子做？如果你是的話，我有一個方法，但這方法有如七傷拳，你希望威力有多大，你必須要先承受多大的傷害。」

我不解地詢問Bella：「是什麼招那麼厲害？我必須讓小文瞭解我此時的心情，讓她知道這種痛苦是很痛不欲生的。」

Bella用開導我的口氣說：「女人其實要的不多，她只希望在她需要的時候，可以有人陪伴她對她好。你再怎麼愛她，對她再怎麼好，只要你沒有在她的身邊，你就只能保佑她的愛夠堅貞。因為往往在感情中，距離不是在詮釋愛情的美，而往往是嘲諷愛情的不堪一擊。」

Bella接著說：「你現在讓小文也感受到你所看到的情形，或許她可以明白你的痛苦，人往往都是自己受傷，才知道帶給別人的傷口有多麼地痛。但我希望你想清楚要不要這麼做，因為這可能會讓你們對彼此的信任完全崩壞，就算之後和好了，信任感會有折扣的。」

我說：「我管不了那麼多了，我就是要讓她明白我看到照片的心情，我現在去哪裡找人陪我演這一齣戲？有誰會願意幫這種忙呢？」

Bella說：「你眼前不就有最佳人選嗎？」

我聽到Bella這樣說，我的內心被撞擊了一下。因為，我認為我們的關係就是學伴，沒想到她居然願意幫我這個忙，也讓我了解到我在她的心中是有位置的。

我搭著Bella的肩並且臉頰貼著臉頰，拍了一張照片。我請Bella上傳到臉書並把我標註，寫上「英國最好的朋友」。

事情搞定之後，我請Bella吃我的拿手菜「麻婆豆腐飯」，來感謝她這麼挺我。果不其然，小文看到Bella的臉書後，馬上打電話來跟我興師問罪，問我怎麼可以跟女生拍這種照片，她一些有加我臉書的朋友都看到，她說我讓她很沒有面子。

我靜靜地聽她罵完之後，我把理由中給我的照片傳給小文看，請她給我一個解釋：「為什麼你可以跟男人摟腰親臉頰，我就不可以摟肩臉靠臉？」

小文很訝異，我居然會有照片但我忍住沒有問她，另一方面我布了一個局讓小文主動來跟我興師問罪，我再殺她一個措手不及，讓她心理毫無準備我會問她她跟別的男人摟腰親臉頰。

小文氣勢瞬間轉弱，她結巴地說：「那天是Amy的生日，大家很開心，我也喝多了，然後Dick走過來說要跟我自拍，他就突然親我臉頰和摟我腰，我也嚇一跳，我之所以沒跟你說，是不想讓你生氣和擔心，畢竟現在是你的重要時刻。」

照片上的表情明明就是很享受，現在卻裝作是受害者，這種把責任都推光光的解釋，小文想要讓我知道她是被動接受噁心Dick的，懇求我的原諒。

我冷冷地說：「妳的表情好像跟妳解釋的差很多ㄟ，我希望妳可以誠實地跟我道歉並解釋清楚妳們的關係，但不要用這種拙劣的理由搪塞我，妳這樣子只是突顯我的不堪。」

小文倒抽了一口氣並豁出去地說：「你想知道真正的原因，我就跟你講清楚我內心真正的想法，我不想再想理由來讓你比較好受。」

她接者說：「Dick是我訂機票來找你的旅行社業務，去英國找你是我第一次出國，有很多事情我都不清楚，Dick很熱心地幫助我處理一些出國事情，於是我們就越來越好。等我從英國回來後，Dick每天對我噓寒問暖，我一直都沒有很明確地拒絕Dick，是因為我想要貪心地享受Dick對我的好，來填補你不在的空虛。」

小文接著說：「我一直接受他對我的好，我沒有明確地拒絕他，才會讓他認為我對他也是有意思的，直到拍自拍照那天，我被他對我的舉動嚇到了，但那個場子是Amy的生日趴，我避免當場讓場面難看，所以我勉強跟他還是拍完那張照片，之後我就跟他保持距離了。」

我聽小文跟我所說的解釋和照片所呈現的，根本南轅北轍。

我真的無法接受小文所說的，就照片上看來兩個人根本就是處於曖昧階段，如果照片沒有流出的話，我在不久的將來很有可能會戴上綠色的帽子。

人總是有慣性地對自己所犯的過錯避重就輕，對別人所犯的錯誤窮追不捨。這段感情中，只要小文發現我有不對的地方，我都要用承諾來跟小文保證我不會再犯；而針對小文有不對的地方，小文卻要我以寬容來接受。

小文希望我對這次她和Dick親密合照的事情，輕輕放下，最好是不要再追究。不過這一次我相當不能諒解小文的做法，因為這是第二次被我抓到，她明知道我不喜歡她跟別的男人有過度的親密動作，但她似乎不以為意，認為這沒有什麼嚴重的，反而認為我小題大作了。

但這次與噁心Dick的摟腰親臉頰，狠狠地踩了我對小文的底線。

我不禁要質疑的是，小文所說的感情需要信任與尊重是只限定我對她而已，但她對我不用？

如果今天沒有理由中拿到照片並傳給我、讓我知道小文在台灣跟別的男人親密，我會不會就一直被蒙在鼓裡呢？

但如果現在跟小文說我內心的想法，我怕她聽不進去，也擔心我沒有辦法在這種憤怒的情緒下完整地表達我的想法給小文知道。

最後我跟小文說：「我要跟你說聲抱歉，就算妳跟別的男人過度親密，我都不能故意跟別的女生合照來氣妳。但我會這麼做，是想要讓妳知道看到自己男朋友和別的女人親密合照的心情。我們先冷靜一下，讓彼此的心情沉澱之後，大家就可以將心比心地溝通，我們明天再好好說說我們的看法，看我們要怎麼樣子做才可以度過這難關。」

20

隔天，我趁我要上課之前跟小文視訊，我們必須要好好地溝通和面對我們的感情現況。

小文充滿歉意地說：「寶貝，我對你的愛都沒有改變過，我沒有拒絕Dick對我好，是因為我想要利用Dick的好，來填補你不在我身邊的空虛。我知道，我這樣子的行為，已經狠狠地踐踏了我們的愛情。我願意做最大的努力，來彌補我們這次的裂痕。」

我從昨天和小文視訊完了，我一直在思考是不是我們的價值觀有落差，為什麼我覺得很嚴重的事情，她總覺得無關緊要，還認為我在小題大作。

會不會是我們各自對感情所看重的部分不一樣呢？讓我不解的是，小文當初是因為男朋友跟別的女生親密而分手的，為什麼現在又要做當初自己所討厭的事情？

還是自己如果不是受傷的那個人，便可以在感情中為所欲為，絲毫不用顧慮別人的感受，做一個加害者。

我必須要讓小文了解到，她這一次錯得多離譜。

我嚴肅地說：「小文，可以回想妳當初在衣櫥時，妳看到妳男朋友在妳面前愛愛的心情嗎？是不是很難受，也很不堪。妳當初的心情，就是我第一眼看到照片的心情。而妳不也常把『感情不單單只有愛而已，也要擁有忠誠與責任』這句話掛在嘴邊，那妳為什麼做不到卻又要求我要完全實行呢？」

我接著繼續說：「妳很喜歡愛情的甜蜜，對於愛情的忠誠與責任，妳卻不想遵守與承擔，這讓我們的關係出現難以縫合的裂痕。」

小文哭著說：「寶貝，我已經知道我不對了。可不可以再給我一次機會呢？」

我狠著心和小文說：「小文，我們先分開一陣子，讓彼此去思考對方是否是最適合自己的另一半。」

於是，我和小文因為她和Dick搞曖昧，而第一次分手。

雖然和小文分手，但小文的消息都還是會透過理由中和堯堯，傳到我的耳裡。

小文知道理由中和堯堯會把她的近況告訴我，所以她開始斷絕跟男性有任何接觸的機會。她想用行動告訴我，她已經了解了什麼是愛情的忠誠與責任，希望我可以回心轉意接受她。

和小文分手後的一個星期是我的資格考試，我努力準備，希望可以順利過關。

我來英國讀碩士，就是要讓自己的能力有所提升，進而可以賺取更多金錢，和小文一起過上更好的生活。

我為了這個目標，一個人離鄉背井來到英國讀書，犧牲和小文在一起的時間，還有和理由中他們耍白癡。

皇天不負苦心人，我順利通過了資格考試。接下來，就是九月的論文口試。雖然說，六月到九月這三個月時間，這時間不長不短的。我絲毫沒有鬆懈，知道通過資格考試後，我就每天找圖書館報到，開始撰寫我的畢業論文。

這段時間，我和Bella只有上廁所和睡覺沒有在一起，其他時間幾乎形影不離。我們兩個都很努力在圖書館準備著各自的論文。

我和小文自從分開以後，就偶爾用傳訊息的方式，來了解彼此的情況。因為，她知道這段時間是我人生很重要的一個關卡，她就靜靜地在台灣候著，等我和她再度復合。

八月二十七日這一天是小文的生日，我還記得二〇一一年我在高雄的新光碼頭，跟她告白成功。

和小文交往的這三年來，我們總是為了一些小事情而有爭執，面對這些爭執大都是我選擇退讓去維持與經營這段感情，但我只要退一步小文就會進一步，她的步步進逼讓我有時喘不過來。

我們都處於「吵架↓一方道歉↓兩人和好↓再吵架……」的輪迴，讓我和小文的朋友們看得都累了，都叫我們「鄉土劇情侶」。

小文生日，我想說我們處於分手階段，我沒有特別準備禮物給她。只是，傳個訊息跟她說聲生日快樂，要她在外面慶生時小心點。

小文也只是簡單地回我一句「謝謝」。

這段時間，小文故意透過堯堯和理由中讓我了解她現在的生活，和她的交友狀況。我有感受到小文為了我們的感情有做一些改變，也許她真的懂得忠誠與責任在感情中的意義了。

於是我下定決心，等我完成我的畢業論文，要跟小文談復合，也希望和小文之後的感情，可以更加地圓滿。

只是計劃往往趕不上變化，當我已經準備要跟小文談復合的時候，老天爺給了我一個考驗……。

當我要跟小文談復合的前一天，

我發現Bella眼睛紅紅的，我問Bella是發生了什麼事情，有需要我的幫忙嗎？

Bella說：「我昨晚跟男朋友分手了。原因是他認為我只顧著自己的學業，完全不關心他的事情。其實我有跟他談過，我需要這一年衝刺我的學業，只要完成學業，我就馬上回台灣。果然，我們的愛情過不了距離的考驗。」

我安慰Bella說：「先把畢業論文完成，這是妳現在的當務之急，感情的事以後再說。而且，妳內外在兼具，還怕找不到優質的男人嗎？」

Bella輕輕地嘆了口氣，她小聲地說：「他能像你這樣子懂我，該有多好。」

我說：「我懂妳是因為也跟妳一樣是遠距離戀愛，所以我了解我們的辛苦，但我們都只能希望另一半可以理解我們的用心，但不能奢望我們的感情都會有好結果。」

我陪Bella去四處走走散心，希望她的心情可以趕快恢復，把只差最後一哩路的學業完成。

Bella那天想要用酒精麻痺自己，我就靜靜地陪在她的身邊，聽她內心的委屈和不被理解的想法和心情。

可能因為心情不好，Bella喝大概五支小的海尼根就醉了，並睡在我的大腿上。

我都已經決定要跟小文復合，老天爺又出這個考驗給我，讓我的內心十分地掙扎。

我內心從認識Bella以來，對她的好感就每天在增加，只是那時我還跟小文在一起，我不能背叛小文，對Bella有任何的追求。

但現在我跟Bella都是單身，她又醉倒在我的大腿上，這讓我都靠雙手度過夜晚的我，產生了邪惡的想法。

如果，我就把Bella帶回房間，並且發生了關係。這時候會有兩種狀況，一是我對Bella負責任，我們就交往，這也意味著小文就要走出我的生活；另外一種情況，她起來後給我兩巴掌，朋友不用做，然後我的英文名字改叫「Jimson＝畜牲」。

我後來退縮，並沒有把Bella撿回去。我認為趁妹仔喝醉沒有行為能力，就撿回去睡覺，好像有一點低級。另外一個考量，我認為這種事情要兩人神智清楚並兩情相悅，自然而然地發生，才能享受這件事的美好。

最後，我等Bella稍微清醒一點，送她回宿舍休息。

21

送完Bella回去之後，我買幾罐啤酒回宿舍喝。回宿舍的途中，我思考著：「對Bella如此君子，不知道是不是正確的選擇。」

人就是會這樣子，有時已經決定了一個選擇，卻又會對另一個選擇念念不忘。然後會花費相當多的時間去思考這樣子做是對還是不對。

我坐在電腦前面喝著啤酒，把自己的心情沉澱一下，我不能在頭昏昏的時候，對自己的感情亂下決定。

當我在沉澱心情時，我的手機傳來了小文訊息，小文希望我可以加油，順利地完成論文。

看到小文的訊息，我的心開始去回想和小文交往的點點滴滴，想著想著就覺得應該維持原先的計畫，再跟小文努力看看，免得以後後悔自己當初沒有好好把握這段感情。

畢竟這一段時間，她試著為我改變了不少，她減少去夜店和酒吧的次數，只要朋友的聚會有男生，她一律不出席。

只是，我擔心她只是為了挽回我，暫時改變自己的生活型態，時間久了她又會故態復萌。

但如果我不給我和小文機會，是不是對我們都不公平，兩個相愛的人無法擁有一個好結局，是讓人很遺憾的。

於是我傳訊息給小文，說我想要跟她視訊聊一聊，問她是否方便。

那天晚上，我和小文聊了許多。

我很喜歡小文，但我和她在一些事情上的看法有差異，而這些差異儘管我們溝通過很多次，經過溝通後差異們短時間沒有出現，但只要時間一久，差異們又都一一回來，困擾著我和小文的感情。

我跟她說，兩個人在感情中都要有所讓步，因為兩個人的生長環境不相同，而造就兩個人的個性、價值觀和生活上許多觀念上的差異，所以相處不可能沒有爭執。

對彼此的喜歡只能在一開始包容彼此，要能走得下去，需要雙方都要有所退讓，如果只有一方退讓容忍對方，這段感情是不會長久的。

小文表示她知道我所說的，她會努力試著在某些方面退讓。

小文也跟我訴說著她的看法，她認為我不愛她去夜店和酒吧喝酒，她覺得我看得太過嚴重，她說她們一群朋友去，朋友會照顧她，不會讓她陷入危險之中。

我跟她說，那些地方在晚上的時候並不安全，而且我沒有在妳的旁邊，我會擔心妳的安危。我跟她說，妳喜歡跳舞聽音樂，等我從英國回來陪妳去，我也會比較放心。

小文也對我承諾她會尊重我的看法，她不會再以自己的看法為主。

我們談了很多事情，也試圖在這些我們有差異的事情上，找出一個最佳的平衡點。

和小文徹底地詳談之後，我們兩個決定要再為對方努力一次看看。

Bella起來之後，打了電話給我，要約我一起吃早餐。

看著Bella眼睛依然紅紅的，我有一點不捨，那麼好的女孩，卻無法擁有一段美好的感情。

我安慰Bella說：「感情的事情，不是夠努力就可以擁有的。妳的感情歸屬是屬於一個看得懂妳的好的男人。」

Bella聽到我這句話後，她低聲呢喃著說：「我希望那個男人就是你。」

雖然Bella說的聲音很小聲，但還是有被我聽到，不過我選著裝傻。

現在的我已經和小文復合了，儘管我對Bella是有好感的，但我只能選擇把好感放在心裡，只希望我這個決定以後不會後悔。

我發現我的感情運勢，從追求孟泃紋之後，整個開始旺了起來，也許我真的要謝謝孟泃紋把我感情的任督二脈完全打通。

我很順利地完成論文的撰寫以及和教授們的口試，我已經是貨真價實的英國Burnel的行銷碩士。

但我跟黎群他們分享我拿到碩士的喜悅時，他們的反應讓我哭笑不得。黎群說：「Burnel的行銷碩士？我逢甲化工的碩士，都沒有拿來說嘴了，你那間英國的野雞大學，還敢來跟我炫耀。」

理由中說：「拜託，你家裡有錢讓你過鹹水。不然，我們來PK國內的最高學歷啊！我可是『國立中正大學』應該完勝你『私立義守大學』唷。」

我確定我通過口試之後，馬上就開始打包行李，準備回台灣跟小文過我們都期盼很久的兩人世界。

回來台灣以後，我沒讓我自己停下腳步，我馬上開始找工作。憑著我的Burnel行銷碩士以及我有一口濃濃的英國腔，我順利應徵到一間上市公司的外銷業務。

小文一直很希望我租個套房在高雄市，她希望我們可以有更多相處的時間，而不是吃完晚餐後，我就要開車回去大寮。

但我的父母則認為，我自己在高雄市租套房很浪費錢，他們認為現階段的我應該要快速累積財富。

那大家會有疑問我們家位於美術館的透天別墅呢？我跟大家說：「它被出租了。」

小文和爸媽的想法，我都能理解。我還是在公司附近租了一間套房，但我也向我的父母訴說我要怎麼打理財富，讓他們理解並放心。

而小文則是在服飾店上完班後，有時會過來跟我一起生活。開始一起生活之後，很多磨擦也就伴隨而來，我跟小文的生活習慣根本就是南轅北轍。

我們常常會了一些生活上的瑣碎事情而吵架，透過了吵架我了解到我和小文的差異，可怕的是在不知不覺中，我慢慢地修正我的態度與習慣去迎合小文的生活習慣。至於之前所存在價值觀的差異，沒有因為我和小文溝通過後，而有所改善，它們隔一段時間就會回來困擾著我和小文。

價值觀與生活習慣上的不同，讓我和小文反覆地爭吵著。

理由中他們則是對我和小文反反覆覆的爭吵，早已見怪不怪了。他們對小文常常把他們從臉書好友名單中刪除，隔沒多久又加回來，完全麻木。

這天下班後，我找理由中陪我到小文服飾店附近的7-11聊天，要他陪我等小文下班，我要跟小文道歉。

他聽完我對我和小文感情所下的註解「愛易處難」。他說：「雖然我是高雄的櫻木花道，談感情一次也沒有成功過。但我想要跟你說，我認為你為了小文已經不是當初的你。固然感情要走得下去，雙方都要有所犧牲，但我認為你中了小文的道，一開始你們犧牲的程度或許一樣多，但小文透過時間，她讓自己的犧牲慢慢減少，而你的犧牲卻漸漸增多。也許你沒有感覺，但我們都看得出來，我們很希望你好好地思考該如何與小文相處。」

理由中的話像原子彈般地炸像我的心，是不是我從英國回來之後，太過遷就小文了呢？

22

儘管我的嘴巴都說：「在感情中先道歉的人並不可恥，而是比對方更在乎。但會不會因為我的妥協和退讓，讓我和小文的感情開始出現了失衡。」

其實我自己知道我所說的這些話，不過是在自欺欺人，但如果我自己都無法說服自己去遷就退讓，這段感情要怎麼再走下去呢？

我在想會不會是我太過無能，把我和小文的感情經營到要我一直退讓，來維持它的壽命。

也許有天，我該找黎群和堯堯好好地討教幾招，來突破這個困境。

終於等到小文下班了，理由中就先行離開，把空間留給我和小文。

我看著小文氣呼呼的臉，這讓我的情緒已經有點上來了，但我還是把情緒壓抑住，好聲好語地跟小文道歉，說服她和我一起回去我們愛的小套房。

但小文完全不把我的好聲好語當作一回事，還在擺臉色給我看，讓我在Gaza面前相當難堪。

人的忍耐是有一定限度的，而今天就是我忍耐的極限，我不想一直退讓下去了。

我對小文烙下狠話，我冷冷地說：「妳如果現在不跟我走的話，妳以後也不用來找我了，不要什麼事情妳都要贏到底，我受夠了妳的霸道。」

說完之後，我轉頭就走。

我找了理由中和堯堯一起去熱炒，從英國回來之後，我的時間幾乎都拿去陪小文了，和兄弟們的聚會可以說是少之又少。

堯堯看到我的一臉大便，他什麼話都沒有說，他直接跟櫃台點了一支麥卡倫，希望我可以藉由酒精把煩人的感情暫時拋在腦後。

他苦口婆心地說：「女朋友是要教育的，不要相信網路那些騙人的文章，說女朋友要好好地呵護和疼愛，那些都是不正確的價值觀。」

當我正要開口反問堯堯的時候，理由中忍不住馬上詢問堯堯為何有此觀點，因為他最近發現到堯堯是我們這一群對女生最有辦法的人，功力可能遠在黎群之上。

堯堯喝了一口麥卡倫，然後緩緩地開口告訴我和理由中。

他說：「女人不是不能疼，但要疼得恰到好處。你疼太多，她就會對你拿翹，就像李濠這樣；疼太少，就兩個下場，不是被淘汰就是戴綠帽。」

理由中聽完堯堯的說明，覺得如果可以學到堯堯的一招半式，他擺脫「高雄櫻木花道」的稱號，就只是時間的早晚。

堯堯繼續開導我和理由中，他對我說：「任何事情都要剛剛好做到點上，你看我的女朋友們為什麼都沒有小文那麼多的問題？你想想看，我和你對女朋友的差別在哪裡？」

我思考我和堯堯對女朋友，到底差在哪裡？為什麼他可以每一天都在享受愛情的甜蜜，而我總是每天都處於要分手的崩潰邊緣呢？

我在思考的同時，小文打了電話給我。

當我準備要接起小文電話的時候，堯堯把我的電話搶了過去並把它關機。

我緊張地跟堯堯說：「你幹嘛啦！小文說不定出了什麼事情，正需要我的時候？」

堯堯依然一派輕鬆，他說：「這正是你都居於下風的原因，也是和我最大的差別。」

我一臉疑惑地看著堯堯，完全不了解他說的意思是什麼？

他說：「就拿小文打這通電話給你來說好了，如果我是你，我是不會接的。我來告訴你為什麼，這通電話百分之百她是要跟你說對不起，要你原諒她。」

我疑惑地說：「她先來跟我說對不起，這樣不是很好嗎？我的目的就是要她先低頭認錯，要她知道不是每一次都是我會先讓步。」

我和堯堯在相互討論我的感情盲點時，理由中在旁邊全程錄音，今天他真的很走運，讓他學到如何駕馭自己所喜歡女人的招數。

堯堯聽到我的疑惑，他輕輕地嘆了口氣，他很訝異我在感情上的低智商，居然可以交到女朋友。

他正要開口向我和理由中解釋的時候，他的手機響了。

他接起電話並輕輕地指手機，告訴我和理由中說是他的女朋友找他，要我們好好聽聽他怎麼應對。

他充滿男子氣概地說：「我現在跟理由中他們吃飯，喝了一些酒，妳等等過來帶我回你那，我這裡結束打電話給妳。」

我對堯堯這麼霸氣地跟女朋友講電話，我相當地佩服，因為我只要稍微對小文講話大男人主義一點，她馬上就對施展獅吼功來壓制我，讓我常常都處於打敗戰的狀態。

我用尊重的口吻向堯堯繼續請教情侶之間的相處之道，我以為黎群對男女相處的見解已經是仙的境界，沒有想到堯堯的境界是觀世音等級的，我真的很幸運我周遭的朋友，每一個都精通男女相處之道，除了理由中以外。

堯堯繼續向我和理由中講解：「你要在交往之初就要建立你的優勢，像我在和我的女朋友在一交往的時候，你就要給她一個印象──『你愛她是小於她愛你的』。」

我還是不了解，為什麼要給自己的妹子這種印象呢？

堯堯反問我一個問題：「你對你有把握的事情，你是不是會覺得不需要花費很多心力在上面，因為你對結果十拿九穩。你覺得我說得對不對？」

我回答他說：「那是當然的，都知道劇本會怎麼寫了，當然不需要放太多心力，只要拿出能夠讓劇本照自己可以走的心力就可以了。」

堯堯說：「對自己的女朋友也是一樣，如果你把她完全掌握了，那麼她只需要用最低的心力在你的身上，便可以維持好你們的關係。相反地，你對她時而好時而冷，她完全不知道你內心的想法，她就得花費很多心力在你身上，這樣子你不就相對輕鬆。」

我嘆了口氣說：「難道我全心全意對自己的女人也會造成我們的感情有問題？」

堯堯對我的資質愚鈍，感到相當不耐，但他耐著性子還是告訴我和小文該怎麼走下去。

他說：「我要說的是，你對小文的好的表現方式不能都一直處於直接給予的狀態，有時候你需要用更婉轉和迂迴的方式去表達，盡量不要讓她可以輕易地掌握住你，人還是有一點難以捉摸會比較好。」

和他們倆吃完熱炒後，我回到我的套房，已經看到小文在門口等我，不過她的臉色非常臭。

23

看到小文的大便臉，更讓我想要試試堯堯剛剛教我的招數，我不能一直被小文壓著打了，卻毫無反擊能力。

我裝著冷酷和面無表情，讓小文無法一眼看穿我目前的情緒，避免我和小文等等的爭吵落於下風。

小文看到我面無表情地往她走了過來，她被我的大便臉給震攝住，講不出話來。

我冷冷地說：「妳來我這有事情嗎？我剛剛就已經跟妳說過不跟我走的話，妳以後也不用來找我了，我們應該沒有什麼好說的吧。」

小文聽到我這樣說以後，眼淚開始流下來，她就蹲在我套房的門口一直哭，我看到這情況，我的心正要軟下去要當去扶起小文的時候，堯堯剛剛跟我說的話浮上心頭。

我馬上把自己拉回來，不能因為一時的心軟，把可以改變我在這感情中的地位給毀掉。

我打開了門正要進去休息時，小文為了阻止我進房關門，把我的左腳給抱住。我看小文這樣子死纏爛打也不是辦法，我帶她去附近的金礦，我要趁這次機會，來試著翻轉我在這一段感情的地位。

我看著小文坐在我的對面，她的眼眶紅紅的，我的心又要軟下去時，堯堯的聲音又冒了出來，它要我先聽小文怎麼說，不要一看到小文難過或痛苦就心軟，這樣是無法翻轉我的地位。

我把我的臉部表情維持在冷酷狀態，不能讓小文發現可以突破的機會。我暗自跟自己說，我這次一定要讓她知道什麼是男性雄風。

小文邊哭邊撒嬌說：「寶貝對不起啦，剛剛你去找我要接我下班，我應該就要順著你搭的台階下來了，不應該在店門口跟你擺臉色，讓你難做人，能不能原諒我的不對呢？」

我聽著小文說話的口氣，覺得她不是真的由內心發現到自己做錯了，是被我今天的表現給嚇到，一時慌了方寸，所以採取低姿態來求得我的原諒。

趁這一次的機會，我決定給小文思想再教育，我要告訴她，感情不是只有單一個方向付出，就可以走得長久。

我認真看著小文並用曉以大義地口吻：「寶貝，每個人都是有脾氣的，我平常讓著妳，是因為我覺得兩個人在一起，不應該把時間浪費在爭吵和摩擦上面。但不代表，我們的每一件事妳都是對的，而且都要順著妳的意思走。感情的經營與維持，是要我們一起努力，不是一個人的付出或退讓就可以的。」

我的話一說完，小文聽完馬上掉頭就走，把我晾在那，對她這一個Move我相當措手不及。

我裝著若無其事地喝著摩卡，企圖淡化小文帶給我的尷尬。順便思考著，我和小文這段感情還有下去的必要嗎？

這一段感情中，小文大多居於強勢主導的位置，而我總是認為我的年紀比較大，我應該要多讓著她，加上小文所爭執的，在我看來都是一些小事情，沒有必要把時間浪費在上面，我的忍讓也造就了小文對我的傲慢。

這一刻，我了解到這一份感情要能走下去，除非我可以一直退讓配合小文的步伐，要小文改變這是不可能的。

為什麼我遇不到那些網路小說所寫的美好愛情，而卻像是三立台灣台上演的八點檔大戲呢？

心情實在是悶得一個不行，我拿起我的手機要打給理由中要他過來找我時，電話響了起來，來電顯示是Bella。

接起Bella的電話，和她聊著回來英國以後，兩個人各自的發展，分享生活上的點滴，不知不覺就聊到凌晨二點多。

Bella這通電話，讓我開始去回想和Bella在英國相處的點點滴滴，我只要一個眼神或動作，Bella都能命中我的想法，而我對Bella也是一樣。

我思考著我從孟沟紋到小文這二段感情上，我有讓她們了解到真正的我嗎？還是我為了得到她們的芳心，而塑造自己成為她們理想的對象？

有人說，一開始因為喜歡而在一起的感情堅固度小於相處過後再喜歡上。

也許，我一直追求的感情其實是這一種相處過後再喜歡的類型。想著想著就睡著了，起來的時候因為趕不上上班時間，所以就給自己請一天事假，好好把心情整理再出發。

我買了幾罐啤酒去大自然土雞城，看看夕陽，讓自己好好地放鬆一下。

我想著，當初我不該馬上追求小文，我應該要把我們在朋友關係的時間拉長一點，讓雙方可以更認識彼此並確認是否適合，也許我和小文就不會那麼多的問題存在。

既然已經在一起，我就要負起責任給她我最好的一切，我從來不會計較我的付出多寡，但我希望另一半可以給予的是尊重。

當初認識得不夠透徹，就交往。而交往以後，彼此的相處時間也不夠讓雙方完全了解彼此。

那麼現在的我只有加倍努力讓小文了解我，而我也要努力地了解小文，更走進去她的生活圈。

我要再為我和小文的感情做最後一次的努力，如果經過我的努力經營，我和小文的問題還是無法改善，也許我就該放手。

我決定打電話給小文，要好好地跟她談一談。

跟小文約好見面時間之後，我打給堯堯，說我要做最後的努力經營我和小文的感情。

堯堯輕輕地嘆了口氣地說：「再晚一點點，小文就會打電話給你，你就可以站到主導的位置，這對你們的感情才是最好的。真不懂你在急什麼！」

我反問堯堯說：「兩個人在一起，誰先低頭有很重要嗎？」

堯堯淡淡且篤定地說：「這次和好以後，痛苦的還是你，你和小文之間不會有什麼改變，痛苦的還是你。」

24

跟堯堯講完電話之後，我其實明白堯堯所說的，我既然在金礦沒有馬上原諒小文，卻是隔天主動找小文要談談，主動權就已經在小文接通電話後而轉移到她那。

我和小文約在大順三路和建國一路交叉口的星巴克。

我比預定時間早到一個小時，坐在角落的位置喝著摩卡，思考我該怎麼讓小文知道並理解我的想法。

一直以來，我都認為我對小文有一份責任在，因為我在剛開始交往的時期就放她一個人孤零零的，所以當我們兩個人在一起的時候，我就努力想彌補剛交往那時期的虧欠。

因此當我和她有意見不一致的時候，我都選擇退讓，是因為我比小文年長，另一方面我覺得她跟我交往後沒有享受愛情真正的甜美。

畢竟我們交往之後，我就馬上去當替代役，當完之後馬上就到英國讀碩士，兩個人一直都處於聚少離多的狀態。

儘管小文有來英國找我玩一個月，但就交往到現在，我們兩個人在一起的時間並不算多。

我跟自己說，從英國回來要好好地對待小文，讓她享受著愛情的甜蜜。只是當相處的時間增加了，磨擦和爭吵也伴隨而來，讓我和小文的感情的裂痕一直存在著，只是縫隙的大小而已。

對於平均一星期要吵架三次的感情，讓我越來越沒有想要擁有的堅持。對我來說，我或許把相愛想得太容易了，認為兩個人的差異可以靠退讓和妥協來消除。

在我想該怎麼讓小文能理解我想要為我們感情再努力一次，小文已經來到我的面前，但她雙眼有哭過的痕跡，這讓我安心了不少，代表小文也相當看重我和她的這一段感情，只是彼此的表達方式讓對方感受有所落差。

小文面無表情地但帶有一絲絲鼻音地說：「你上次不是在金礦跟我說得很清楚嗎？你不是認為我都在無理取鬧，那麼我們之間還有什麼好談的嗎？」

我知道我今天是要讓小文可以理解我的想法，儘管她一開口還是在鬧脾氣，但我還是忽略掉她所說的，並把我的想法明白地告訴她，縮小我們之間觀念的差異。

在我要跟小文訴說我的想法時，我先幫她點一杯焦糖瑪奇朵，因為這是小文最喜歡喝的飲料之一。

另外，我想藉這舉動讓她知道，她的一切其實我都放在心上，我真的是用心呵護著她，只是她也要細細體會我對她的好。

小文總是認為我對她沒有在追求她時和剛交往的好，也時常拿我和她那群朋友的男朋友做比較，她認為別人的男朋友都可以做到這樣，我卻不行。

有時候，我會想當初如果我把小文的好是以漸進的方式讓她感受，或許她就不會如此愛比較。

黎群當初在聖誕節放完煙火跟我說的話，現在一一應驗。

我看著小文很認真地跟她說：「我知道，從我英國回來之後，我們相處的時間增加了，但爭吵也變多了。我認真思考著要怎麼改善我們目前這樣的情況，畢竟我們也陪著對方走過很多，我不想看我們的感情走進死胡同。」

小文喝著焦糖瑪奇朵，靜靜地聽著我說我內心的想法。

她時而沉思時而點頭，她有把我的想法聽進去，代表著她也想跟我一起再努力看看。

最後，我們約定好要再找回當初相愛的感覺，並在相處上為對方做更多的努力。

和小文談完之後，因為小文還要上班，於是我就找黎群和堯堯一起吃晚餐。

我們約在富野路上的阿英排骨飯，吃高雄前幾名的排骨飯慶祝我和小文都還有心要為彼此努力。

當我要出發去阿英排骨飯時，Bella傳LINE跟我說她這週末要下來玩，她約了幾個她在英國的女生朋友，要我盡地主之誼。

我看到這訊息，馬上把腦筋動到敲詐堯堯的皮包上，因為堯堯跟小文的朋友Amy分手之後，感情就處於空窗狀態，如果我週末順利幫他搭好線，我的媒人紅包應該會是一個還不錯的數字。

當我準備停車走到阿英排骨飯門口時，我的手機響了是黎群打來，應該要問我人在哪，同時我也聽到有人用「Who let the dogs out」當做鈴聲，我往手機鈴聲方向一看，原來是黎群用這鈴聲來恥笑我是馬仔狗。

他一看到我就說：「今天主人放風，讓你出來透透氣？」

我翻了白眼說：「講話可以好聽一點嗎？什麼主人，我是尊重小文好嗎？」

黎群馬上嘲諷我說：「在自己的女人面前唯唯諾諾，成何體統。你應該學學我怎麼對小沛的，我說東她不敢往西。」

在他說這些話的同時，我偷偷地把他的話錄影，然後上傳到臉書並標註「真男人」，然後Tag小沛，期待小沛看到這錄影的反應。

我和黎群鬥嘴的同時，Bella打給我要跟我確認週末我的時間方不方便，我用眼神問黎群要不要參加Bella週末的局，他毫不猶豫地答應我，我為了兄弟幸福我就答應了Bella。

我問黎群：「你都有小沛了，週末幹嘛還要參加Bella這個局，被小沛知道我會被打死唷。」

黎群漫不在乎地說：「我又沒有要幹嘛，我是去認識新朋友Bella好嗎？你和堯堯不說出去，有誰會知道？你這次不要約理由中，他最會壞事了。上次就是他把我去看瘋馬秀的照片外流，害我跟小沛解釋超久的。」

我覺得不約理由中，好像有點說不過去，因為他最近又被他的同事打槍，不趁這機會讓他認識新朋友，趕快走出這陰影，我很怕哪天在報紙上看到他的消息。

我幫理由中向黎群掛保證，這次的行動是最高機密，絕對不會有洩密的清況發生。

這時候，堯堯也來了。

他聽到週末我幫他約好一個局，他很開心，於是他買掉我們三人在阿英排骨飯的費用，接著約我們去西部牛仔喝酒召開「週末Bella高雄之行行前會議」。

25

我們坐下來不久，堯堯馬上要我去問Bella的朋友有哪些，他要了解Bella的陣容中有沒有他可以安定下來的女神。

我打給Bella問她的朋友幾個人，我比較好安排她們要玩的行程。Bella一聽我這樣說，就可以了解我的意思，馬上就傳她朋友的照片給我。

我給堯堯看Bella的陣容，看到堯堯邊看邊笑，我就放心了。因為這代表西部牛仔的費用，他會全部買單。

堯堯指著其中一個女生，他跟理由中說：「這個是我喜歡的，其他你就自由發揮囉。」

堯堯跟我說：「你要建議Bella，你會帶她們出去玩，幫我把戰線拉長，我要用大量的接觸，把妹仔的心攻克下來。」

我們就七嘴八舌地討論，堯堯確保每一個環節都要完美沒有瑕疵，他才放我們回家。

終於堯堯盼到了Bella下高雄的那一天，而我為了成全他和理由中的感情，我跟小文請兩天假，跟小文說我週末要跟理由中他們去墾丁玩，為了避免誤會，我省略有Bella和她朋友的存在。

我們計畫帶著Bella她們先去愛河和駁二特區繞繞，然後傍晚的時候帶她們去旗後砲台看夕陽，晚上在旗津吃海產，吃完之後直接去墾丁走走。

我們八個人就由我和堯堯開車，理由中和我一起，堯堯那車則是載著黎群。

我看到Bella的二個朋友笑得很開心，往堯堯的車子走了過去，畢竟讓她們遇到高雄顏值數一數二的帥哥當她們的伴遊。

看到女生這個情況，堯堯的新戀情應該就是看相處合不合得來了。

我跟理由中說：「雖然你的顏值輸堯堯，但你可以靠你的後天努力來彌補，讓妹子看到你的好，並因為你的好而愛上你。」

我們的第一站是去鹽埕區吃「港園牛肉麵」，因為Bella的朋友Alison非常愛吃牛肉麵，為了幫堯堯製造美好的第一印象，我們說這是堯堯挑選的餐廳。

Alison聽到我們這麼說，她的笑容就像是遇到男神般的嬌羞和嫵媚，讓我和理由中看得相當羨慕，我們只能恨自己的五官組合起來不夠吸引妹子。

在吃麵的當下，我和 Bella 一直幫忙撮合堯堯和 Alison，他們兩人也就在我和Bella的言語攻勢之下，已經散發出「快要戀愛」的氛圍。

而剛認識且彼此第一印象不錯的男女，加上雙方好友的撮和，感情的進展可以說比火箭發射的速度還要快。

理由中看到堯堯又快要得手了，他用可憐兮兮的眼神看著我，要我幫他想辦法加速一下他和Bella的朋友Kate的進度，看到他這個樣子，我動了憐憫之心，我跟Bella使了眼色，要她等我的指示，可能需要再幫忙做球促成另一段良緣。

理由中這一個眼神，讓我去注意Kate這個女生，我觀察她是不是適合理由中，畢竟我和黎群都認為，能適合並了解理由中的女生實在不多，所以希望他可以找到適合的，再認真去追求，讓他所愛的女生發現他的好而愛上他。

Kate這個女生，她就是靜靜地坐著吃麵，有話題帶到她的時候，她就會微笑然後開始回答，她給人的第一印象是甜甜的，難怪理由中會被她的甜美給吸引。

吃完牛肉麵之後，我帶Bella她們去新樂街買樺達奶茶，在買的過程中，我把理由中拉到我的旁邊，對他面授機宜，傳授他一些跟Kate聊天可以增加Kate好感的技巧，並告訴他再多多觀察一下。

跟理由中說完話之後，我走到Bella旁邊跟她聊聊，畢竟Bella她們下來以後，我都一直忙著幫堯堯和理由中促成他們的良緣，這樣對她很不好意思，怕她誤會我把她當做「妹頭」。

在和Bella聊得很開心的時候，我內心又出現一個聲音：「Bella或許才是最適合你的女人。」

我被我心裡這個聲音嚇到了，雖然我曾經在和小文冷靜時期，有對Bella動心過，但我對Bella的這一份好感，應該在我和小文和好之後，就慢慢地淡掉，怎麼會在這個時間點跑出來呢？

還是其實這聲音只是藏在我心的最深處，它只欠缺一個引信觸發，而Bella這一次的到來，就是一個引信，觸發了我內心這一個最深層的聲音，並讓我去正視它。

有時候，老天爺總是會在你的感情中放下許多讓人無法抗拒的誘惑，好讓情侶們藉著這些誘惑所帶來的考驗，來驗證對方是不是適合與你一起走到最後。

而且我前幾天又主動去跟小文談判，我和小文也針對我們相處所發生的問題，雙方都承諾會調整彼此的觀念，希望可以藉著彼此多一點的忍讓，使感情可以更圓滿。

我不可以因為Bella和我在相處上比較適合，就有想改變心意嘗試和Bella在一起看看的念頭。

我低聲重複唸著：「我最愛王小文……。」

Bella看著我嘴把唸唸有詞，好奇地問了我：「你在說些甚麼？」

這一句話把我拉回現實，我不好意思地說：「我在想晚上的活動要怎麼幫堯堯和Alison做球，讓他們可以順利在一起。」

Bella知道我跟她說的只是一套開脫的說詞，並不是真話，但她知道我是不好跟她說，所以她就沒有逼問了。

買完樺達奶茶後，我們兩部車開往旗津，去享受高雄的海邊與夕陽。

為什麼這一次Bella她們下來玩，堯堯要安排有海邊的行程呢？

我對此感到不解，於是我在出發前一天，我傳LINE問他為什麼都選擇海邊？

他淡淡地回我說：「五浪真言所教導的，你不也曾經使用並追求到孟洵紋嗎？這一次你有眼福了，可以看到威力加強版的五浪真言。」

26

堯堯說好的表現五浪真言，馬上就在沙灘表現出來第一浪——浪漫。

他和 Alison 馬上就單獨走在我們的前面培養感情，他和 Alison 兩人看著旗津的海景，慢慢地拉近彼此的距離，兩個人散發出「請勿打擾」的氛圍。

我和黎群走在後面，看著堯堯如此神速的進展，從學生時代開始在高雄愛情界的常勝將軍黎群，都感到人外有人。

我和黎群為了幫理由中做球和 Kate 可以多一點的認識，我們帶走了 Bella 和她另一位朋友。

在旗津的沙灘上，我和 Bella 肩並肩地走著，感覺回到了在英國的時候，我們分享著彼此從英國回來以後的近況。而令我意外的是，Bella 的身邊一直都有追求者，但她卻都無動於衷，她跟我說她在等一位值得的男人愛上她。

她說這段話的時候，我從她的眼神明白她在暗示我，她希望我可以鼓起勇氣地牽起她的手。

突然間，Alison一個腳步不穩快要跌倒的時候，堯堯利用他的左手臂當把手，右手臂抱住Alison腰，搭配上一個一百八十度的轉身，就讓Alison站好了。

這時候，Alison看堯堯的眼神，充滿著愛慕，讓我相當好奇他們到底聊了什麼，堯堯怎麼可能那麼快就讓Alison喜歡上她。

而時間也接近要日落了，我們轉往旗後砲台等著欣賞日落。

我們湊過去問堯堯，我們好奇他到底施展了什麼魔法，讓Alison瞬間對他的好感倍增。

堯堯說：「浪漫用在物質型態去表現比你利用大自然的效果是差很多了，感情的確是需要用到金錢經營，但第一印象還是需要用你的內涵去呈現。我和她走在一起，我扮演著聆聽著的角色，從她的談吐之中先了解她是什麼樣的人，跟我適不適合，我也會由回答中讓她明白我是什麼樣的人，是否與你的第一印象大致上一致。如果我對她的感覺不錯的話，我會調整我的回答，讓我的印象分數更加分。」

理由中有點懊惱地說：「你這些話為什麼不早點說，害我剛剛跟Kate走在一起的時候，都是我拼命在發問，Kate就被動地回答我的問題。」

堯堯反問理由中：「Kate回答你的眼神和口氣呢？」

理由中帶著疑惑回答說：「就笑笑地，有什麼特別的嗎？」

堯堯笑了一下，他拍了理由中的肩，他說：「晚上在墾丁好好表現，這次的機會還滿大的。」

看完了夕陽，也吃了旗津的海產，我們正準備要出發去墾丁時，小文的電話打來了。

小文打電話來關心我和堯堯他們玩得怎麼樣，也順便跟我說她要和Amy她們去唱歌。

我問小文有沒有男生，小文也很誠實地說有，我叮嚀小文要小心一點，也希望她和那些蒼蠅保持距離，不要讓蒼蠅們有錯覺，我也要她回到家後跟我報平安，讓我放心。

我們到墾丁的民宿後，放好行李後，我們就去墾丁大街走走。

我和Bella自然而然地走在一起，Bella假裝不經意地關心我的感情近況，她問，我和小文還是一樣吵吵鬧鬧的嗎？

我笑笑且故作輕鬆地說：「就老樣子啊，藉由吵架和爭執中找尋彼此最佳的相處之道。」

她不死心地接著問我：「你有沒有想過，找一個跟你相處契合的女生？」

我認真地回答Bella說：「如果我還是單身的話，現在的我一定會找一個和我相處契合的女人，做我一輩子的伴侶。只是我已經在三年多前選擇了小文，我就一定要盡最大的努力和她一起走到最後。」

Bella不死心地在反問我說：「也許你有可能把你的努力浪費在你人生的過客上，而把最重要的人當做過客忽略到。這樣的結果，會是你想要的嗎？」

我正要開口回答Bella的時候，理由中把我拉了過去。

我必須要感謝理由中的這一個舉動，它讓我閃躲過Bella的猛力追問，我怕到最後我說不贏她，結果我的理智被扯斷掉，我做出對不起Bella和小文的事情。

理由中滿臉高興地跟我說：「堯堯真的很厲害，他預估我這次真的機會很大，沒有在騙我。我剛剛問Kate喜歡怎麼樣的男生？她理想類型的特點，我大致上都有。而且，她還『主動』約我去台北玩，她說要當我的地陪。」

我聽到理由中這番話，我很擔心他解讀錯誤，又做出什麼一頭熱的舉動。

我找了堯堯和黎群商量怎麼幫理由中去確定Kate的心意？

堯堯一派輕鬆地說：「這還不簡單，等等我就讓理由中搭我的順風車，就可以了解Kate的心意了。」

我帶有疑惑地問：「你要出什麼大絕招？難道你又要表演五浪真言了嗎？」

堯堯笑笑地說：「等等讓你看『浪子』要怎麼表現，通常我用到『浪子』的時候，妹子大都已經被我成功追到手了。」

我們逛完墾丁大街以後，我們去民宿外面的沙灘上，升火喝啤酒聊天。

堯堯卻一反常態地冷落Alison，他跟Kate和Bella都聊得很開心，卻對Alison冷淡以對，我發現Alison快要忍受不了堯堯這樣的對待，已經準備要一個人離開。

堯堯斜眼一看Alison的表情和舉動之後，他認為時機成熟，他向黎群使了眼色。

使完眼色後的大約十秒，離我們的五公尺的天空出現了煙火。

我們轉身去欣賞煙火的美麗時，堯堯走了過去，向後抱住了Alison。

他霸氣地跟Alison說：「You are my woman from now。」

Alison的反應是感動到眼淚流不停，堯堯的手輕輕地拍拍Alison，希望能讓她的情緒可以平復。

Bella看到堯堯對Alison的精心安排，她也很開心自己的朋友在感情上開花結果。

堯堯深情地看著Alison說：「寶貝，我還有一個驚喜要送妳，希望妳會喜歡。」

堯堯帶著Alison去看他們的另一個驚喜，我和Bella喝著啤酒坐在沙灘上，享受這一刻的寧靜。

而這一刻，我還不知道在高雄的小文已經做了對不起我的事情了。

27

兩天一夜的高雄墾丁之行後，我們兄弟會又暫時解散了。

堯堯和理由中現在每個週末都往台北跑，透過堯堯和Alison的幫忙，理由中和Kate的感情越來越機會了。

我和小文則沒有什麼太大的變化，直到有一天我和她去參加她朋友的聚會，無意間我發現了一些讓我很不堪的事情。

我們在錢櫃唱歌喝酒，我在上廁所的途中，聽到服務生在說我那包廂裡有一個女孩子之前玩得很瘋，我的直覺驅使我去問服務生時間和是哪個女生，在我問完之後，我的心涼了一半。

服務生口中玩得很瘋的女孩子，居然是我的女朋友。

我在墾丁的那個晚上，小文去Amy的唱歌攤，結果噁心Dick也有參加，但小文完全沒跟我提起。

為什麼我會知道噁心Dick有參加呢？

當我聽到服務生說玩得很瘋的女生是小文時，我的第六感告訴我噁心Dick可能也有參加。

於是我拿他的照片給服務生指認，結果服務生還加碼爆料，他跟玩得最瘋的女生有很多親密動作。

我強忍住我要爆發的情緒回去包廂陪小文到結束，但我的臉色相當不好看，小文都看在眼裡。

我們回去之後，她問我為什麼從廁所回來之後臉色變得那麼差？

我很嚴肅地說：「有件事情，我希望妳能老實回答我。我們的感情已經不能再有任何的欺騙和背叛了。」

小文看到我這麼嚴肅地問她，她的臉色開始慌張了，似乎怕有什麼事情被我知道，但她強忍住她的不安，她不想先自亂陣腳。

小文帶有抖抖的聲音說：「我沒有欺騙你什麼啊，你是不是多心了。」

我聽到小文這樣回答我，我壓抑許久的情緒爆發出來了，我使出一記右直拳打在我套房的牆壁上。

我生氣大吼地說：「馬的，你趁我和理由中他們去墾丁的時候，和噁心Dick在唱歌時跳熱舞和玩親親，妳是不是把我當你的寵物小烏龜？妳欺人太甚！」

小文被我嚇到了，她當下不知道怎麼反應，就愣在原地一直哭。

之前兩個人說好要為了彼此感情再努力的場景，現在想起來真是諷刺。

小文之前承諾的「和異性保持適當的距離」，在我看來只是用來應付我的場面話。

每次在我生氣以後，小文就乖一陣子，等時間一久她又故態復萌，這一次我不能再選擇忍受。

我真的不懂也不想再去了解小文的想法了，這樣的感情真的是太累人，也許我真的不是那位可以陪小文走到最後的男人。

既然這樣，壞人我來做，我跟小文說我們分手。

小文聽到我說要分手，她哀求我可不可以不要分手，她希望我們彼此分開一段時間冷靜一下，再去想怎麼做對我和她都好。

當下我的心思實在是很亂，但我也怕我的決定太過衝動，而傷害了我和小文。

於是，我答應了小文的要求，我們先分開一陣子，讓雙方都冷靜思考該怎麼做。

我沒有接受Bella的感情，是我知道感情需要忠貞讓它走得更長更遠，但如果對方的想法和你不一致，那這段感情會結束在你無法容忍的那一刻。

根據服務生所說的她們倆的互動，我推測小文其實私底下都還有跟噁心Dick聯絡，她們可能不知道背著我出去過幾次了。

我以為經過那麼多次的爭吵，小文已經學會為了我們的感情做出犧牲，其實是她所做的那些犧牲是暫時性，是要讓我安心而給予她更大的空間。

說到底小文在我們感情中，她並沒有改變，依舊是我行我素。

但可悲的是，我到今天才了解到這樣的情況。

小文的行為讓我對我們的感情所做的任何努力，看起來都相當可笑和不堪。

我如果無法不能繼續遷就小文，那拖著這份感情對我和她都是一種痛苦。

當我發現我當烏龜的隔天就是週末，我和堯堯他們一起上台北散心，遠離高雄這個傷心地。

堯堯看我的感情演變成這樣，他淡淡地說：「不能怪她，會演變成這樣你也是有責任的。」

我聽到堯堯這番話，我的火氣整個上來，我被自己女朋友送了一頂綠帽子，我有部分責任？

堯堯如果沒有解釋清楚，我覺得我應該會請他吃我的右刺拳，自己兄弟在這個時候還不挺我，說小文給我戴綠帽我也有責任。

堯堯對於我的反應，感覺並不意外。

他心平氣和地跟我解釋我在感情中的盲點，希望我可以不再被感情傷害。

他說：「你和小文的感情中，你們現在遇到任何的爭執，都是你在退讓和妥協，你去改變你的生活習慣去遷就她的。儘管她對你還是有在付出，但你仔細想想她的小小付出，總是能換得你更多。你們的感情早就已經失衡了，是你一直用你的退讓在維持，不是嗎？」

堯堯說的我和小文的感情問題，我其實都知道，但我就是無法放下和小文的這段感情，我一再締縱容她，而導致我們的感情已經不是我用退讓可以維持的。

在台北的這二天，我和小文就像是陌生人一樣，完全沒有聯絡。

也許我們暫時抽離彼此的生活圈，去思考自己是否適合彼此，是不是可以牽手一輩子的伴侶？

Bella 知道我和小文的情況，她就是靜靜地陪在我身旁。

最後我要回去的時候，她和我說了一句話。

她說：「放下比執著更需要智慧，我相信你可以度過這一個感情考驗。」

又過了一個月，我慢慢地開始淡忘小文帶給我的不愉快，而這段時間我的世界似乎是沒有小文存在過的。

分開的這期間，我思考著我和小文交往近四年的點滴，我和小文相愛得太快，不夠時間好好地了解彼此，就在一起了。

交往之後，我發現我和她有一些觀念上的差異，儘管我嘗試地用溝通和包容去撫平，但它們終究存在著，而我所做的努力只是在粉飾我們的差異。

也許，我和小文都不是適合陪伴對方走到最後的人，那麼就由我先放手，讓我和她解脫。

終結和小文的這一段感情，我會很不捨。因為，它是我這一輩子的第一場真正的戀愛。

就像Bella說的，一直不放手只是讓我和小文處於痛苦之中，也許放手會有陣痛期，但我相信時間是可以敉平的。

28

我下定決心要讓我和小文都從這段感情中解脫，我約小文出面說清楚，我約在大立精品樓上的Barcode。

趁小文還沒到之前，我點了一杯Dry Martini，坐在靠窗的位置欣賞著夜景，也思考著我要如何開口讓小文知道我不是不愛她，只是沒有辦法再一起相處下去了。

為了維繫和小文的這段感情，我把我的自尊給丟到太平洋，什麼事情都依著她的意思，卻讓小文越來越認為我的包容使理所當然的，我的退讓讓我們感情慢慢地打成死結。

我喝到第二杯的Dry Martini時，小文來了。

看著小文，我知道自己還是很愛她，但我也清楚我和她是沒有辦法再走下去的。

我嚴肅且沉痛地跟小文說：「我不願意承認，但我們的感情走到了盡頭，我們做不成情人，我們分手吧，好嗎？」

小文沒有想到我隔一段時間，我的態度還是沒有改變。

她以為我是因為她和噁心Dick玩得過頭，讓我覺得很沒面子，才想結束我們的感情。

她沒有想到我最後的決定是要跟她分手，這讓她很沒有面子。

她帶著委屈且不以為然地說：「沒錯，和噁心Dick的事情是我的錯，但我不是跟你保證我不會再犯了，你還想要我怎樣！」

我冷靜地說：「我沒有要妳怎麼樣，妳知道我需要的是什麼？但妳卻吝嗇地不肯給予。」

她繼續窮追猛打地回覆我：「你說啊！我不肯給予你什麼東西。」

我維持我一貫的語調：「尊……重……。」

小文聽到我的回答後，她有些愣住。

因為在這段感情中，她都是居於主導的地位，對於我們的關係她早已習慣居高臨下地俯視我，所以她早就不知道要如何尊重我。

她認為每一次爭吵都是我的問題，她都是對的。

感情會走到這一步，我認為大部分的責任都在我的身上，我寵壞了小文。

只要遇到爭吵，我把「在感情中先道歉或退讓的人不可恥」這不適用的觀念套用在我和小文的感情裡，讓我們的感情慢慢地變質。

她反問我說：「我哪裡沒有尊重過你，你說出來啊，不要隨便誣賴我。」

我聽到她這樣子跟我說，我真的恨不得請她吃巴掌，看她會不會清醒一點。

因為，她早已把我所做的妥協和退讓視為理所當然，所以她在我們感情所做的也早都認為是應當的。

我今天一定要好好地給她上一堂做人處事的課，她的感情思想相當地偏差。

我沉著地說：「妳說妳有尊重我，但是在我看來是我的妥協和退讓，給了妳這種錯覺。就拿跟異性接觸這件事來說，我跟妳說過幾次了我不喜歡妳跟別的男生靠得太近，妳承諾過我好幾次妳會保持適當距離，但事實證明妳沒有。我想請問妳，這就是妳所謂的尊重嗎？」

小文不甘示弱地回答我說：「你憑什麼要求我跟異性保持距離？你讓我經歷孟洵紋跟蔣琳的事情，我的不安全感慢慢地增加和累積，加上你去英國讀書，我長時間無法完全地了解你的動態，誰知道你在英國有沒有亂來。」

我和小文談到現在，從小文的談話中，沒有感受到她有真正的悔意，她還扯到我身上，所表現出來的一切都只是要讓她和噁心Dick曖昧事件，可以早點獲得我的原諒。

我不可以隨著她的話起舞，而模糊了我今天的目的。

我冷靜地說：「我跟妳鄭重地再說一次，從我們交往以來我沒有背叛過妳，反而是妳就被我抓到三次。」

小文突然間態度大轉變，她從惱羞成怒轉成懊悔。

我冷冷看著小文態度的轉變，對於我們的每一次爭吵，她的反應總是軟硬兼施，來得到我的讓步與妥協。

小文邊哭邊說：「其實，我的內心很怕你不知道哪天會跟我的前男友一樣背叛我，我知道你很努力地要消除我前一段感情的創傷，但我發現我的心有自我保護機制避免我再受一樣的傷害。對你的感情，我始終不敢放過多的忠誠。」

我對小文所說的，實在是不知道要怎麼回答她，她的陰影和不安全感告訴著她，要保護好自己的最好方法，就是在愛情裡做一個沒有忠誠的人。

我知道，小文之前有受過傷害，所以我竭盡所能地給予她足夠的安全感，就是要她可以好好地去享受著愛情。

她內心的保護機制，在經過了孟洵紋和蔣琳之後，就開啟了。它要小文不需要對我們的感情忠誠，免得遭受一樣的傷害。

沒想到，除了剛交往的那段時間，我得到的是小文百分之百的忠誠，之後就是有所保留的，我真的是很可悲。

其實，我能理解兩個人相愛，一定會有一方的愛大於另一方，但差距不會很大。

只是我和小文的感情，卻是兩人所給予對方的差距越來越大，直到已經無法彌補。

我不解地說：「既然妳是從我去英國之前，就已經開始對我有所保留的。那為什麼妳還要飛來英國陪我一個月呢？妳這樣的行為，不是就矛盾了嗎？」

小文痛苦地說：「你不要以為在這段感情中只有你是痛苦的，我發現我自己的不安全感開始上升，我有努力地要給你我百分之百的對待，我也努力試著要讓我們的感情可以走下去，所以我飛去英國陪你，也是希望我們可以多相處，來減少我心中的不安全感。」

我還是不了解，小文內心真正的想法。

有時候的她怕受傷，所以對感情有所保留；但另一個她，卻願意為了我們的感情而努力。

我說：「妳之前怎麼都沒跟我說這些呢？我可以陪著妳去面對妳內心的恐懼。」

小文淡淡地說：「跟你說有用嗎？我們還不是走到了分開的這一步。反正，你就是認為你付出很多，為了我改變很多，我都視為理所當然，不是嗎？」

在感情中，我不是一個斤斤計較的人，因為對自己所愛的人好，是心甘情願的，也是無法量化的。

小文卻認為，我在跟她計較，我希望她能做到我做到的。

其實，我要的不多，只是一份基本的尊重而已。

可惜的是，小文不能理解我所要的就那麼簡單。

我和小文真的應證了相愛容易，但相處太難。

我認真地跟小文說：「我們的興趣喜好不太相同，但我很努力地走進去妳的世界和生活，可是妳呢？」

小文支支吾吾地說不出話來。

這一段感情中，我是比小文還要努力地在經營，到快窒息的哪一刻，我都沒有放棄搶救。

29

大約有六分鐘，小文講不出話來。

到了第七分鐘的時候，小文開口反駁我了。

我本來以為，小文被我講到啞口無言，原來這六分鐘中她在思考怎麼反擊我。

她不甘示弱地說：「我原本不想說的，但我覺得你把你自己塑造成是受害者，讓我不得不為自己平反一下，我在這段感情中的一些感受。」

她接著說：「你說你有努力要走進我的世界哩，我何嘗不是呢？」

我聽小文這樣說，感覺像是為自己對我們的感情不夠努力在開脫，讓我相當地不悅。

但我要了解清楚她所說她的努力是那些？我不想在感情都要結束的時候，還有什麼閒話說我誤會小文。

我說：「請妳告訴我，在這段感情中妳所為我們做的努力有哪些？」

小文像是豁出去了，她突然大聲地說：「就是你爸媽一直不認可我，你知道這讓我有多挫折嗎？我一直要爭取你爸媽的認可，經過這三年多，我和你爸媽的關係一點進展也沒有。」

她所說我爸媽不認同她，這我是知道的，不想給小文有太大的壓力，我一直努力地讓我爸媽知道小文的好，也希望他們可以給予我和小文祝福。

只是沒想到，小文會對我爸媽的認同與否，如此在意。

我跟小文說：「妳難道沒有看到我也在努力讓我爸媽認同妳嗎？很多事情，我沒有跟妳說，是不想讓妳有壓力，只想給妳快樂和幸福。」

小文接著說她為我所做其他的努力，在我看來她的那些努力都是建立在我對她的包容之上。

我接著說：「妳因為得不到我爸媽的認同感到挫折，妳也害怕在我們這段感情受傷，於是妳就減少在我們感情中的付出與忠誠，我說得沒錯吧！」

小文點了點頭，認同我所說的。

我咬著牙說：「那我們分手吧！」

小文聲音有點發抖地說：「那我們還可以做朋友嗎？」

我聽到小文這一個要求，我覺得是多餘的，如果我和她之間沒有了男女朋友的關係，那我們就是兩條平行線，不會再有交集，所以當不當朋友也就是多餘的。

那天和小文談完之後，我回去套房整理一下我的物品，準備搬回去林園住。當初會租這套房，是為了有更多時間可以陪伴小文，既然分手了，那這套房就沒有租下去的必要了。

堯堯和理由中知道我分手了，就常常約我週末跟他們上去約會，逃離高雄這一個傷心地。

Bella知道我和小文分手之後，只要我有和堯堯他們上去台北的話，她都會出現。我知道Bella的心意，她是怕我一個人會覺得孤單，看到他們兩對會觸景生情，會想起和小文的那段感情。

我對小文當然還是有感情，畢竟我們在一起也快四年了，那能說放下就可以馬上，我也只能希望時間可以幫我淡忘小文。

時間又過了一個月，我的手機的行事曆通知我再一星期就是小文的生日，讓我想起和小文過去的點點滴滴。

只是不知道小文在和我分開的這一個月過得怎麼樣，是不是和噁心Dick已經開始甜甜蜜蜜，又或者她在等我回頭找她。

我看著手機螢幕發呆，想著我的生命經歷過小文這一段，在這過程中我真的已經盡力了嗎？還是其實我的努力不夠，才會走到分手這一步。

突然間，手機響了起來，來電顯示：「小文」。

看著來電顯示，我猶豫了，我不知道要不要接起這通電話。很怕接起來之後，也把我和小文的感情帶了上來，然後我們又陷入和好、甜蜜、爭吵、分手的無限輪迴。

大腦告訴我最好不要接起這通電話，但我的食指卻按下了接聽。

小文用柔柔地聲音說：「李濠，如果我們做不成情人，那我們當對方最好的朋友好嗎？」

我對小文的態度有點訝異，怎麼會在這一個月轉變那麼快，難道她有去四川學變臉？

我告訴自己千萬不可以答應，因為答應之後，我的人生極有可能無法從與小文這段感情中脫身。

我重重地吸了一口氣，我堅定帶著婉轉地說：「我們再做對方最好的朋友，好像不太好吧，那我們當初就不需要分手了。」

小文不死心地說：「因為我們在感情上的認知有差距，導致我們在一起很痛苦，所以才分手。當朋友或許就不會有這些情況了，不是嗎？」

聽到小文這麼說，我無法認同她的觀點。對於她，情人與朋友的界線，我分不清楚，我怕我跨越了那一條線，我怕我會再受一次傷害。

我拒絕了小文的提議，我不想再陷進去這一段感情。

小文不死心地說：「我會證明給你看，我們也可以做朋友的。」

之後，小文果然說到做到，她又開始慢慢地滲透到我的生活，我知道但我沒有去拒絕，我想我的心裡還是不希望小文離開我的生活。

堯堯他們知道後，都覺得我有病，他們認為我談的不是感情，而是胡鬧。

他們要我自求多福，要我這個自制力薄弱的人把守好朋友與情人的那一條界線。

小文決定要自立門戶，出來開自己的服裝店。

當她開口要我幫忙，我毫不猶豫地答應她，因為我的答應也讓這界線漸漸地模糊了。

我們一起去找店面，忙著店裡面的裝潢，也一起去採購硬體。

就在我生日的前二天我和家人吃飯時，我媽跟我說她願意尊重我的選擇，她支持我和小文在一起。（因為，他們還不知道我和小文已經分手一段時間。）

有了家人的支持，加上這段時間和小文的相處，讓我的心動搖了。

我很討厭我自己在這段感情中總是反反覆覆，之前所做的決定都會被之後的我推翻，要不要追回小文，我這次一定要想清楚再行動。

我們生命中，就是會遇到一些人，你會被她吃得死死的，沒有反擊的能力。
終於，我和小文把她的服飾店成功地弄好，一切就等開幕營運。
我下了一個對我和她都重要的決定，我要再追回她。
我約她吃新統一牛排，吃完之後我要在光榮碼頭跟再告白一次。

30

為了確保當天的告白萬無一失，我將自己由內而外檢視了一遍，期許自己可以用最完美的狀態去跟小文告白。

於是我每天早上都去健身工廠跑跑步機十五公里，另外我還去斐瑟找我的專屬設計師小樹幫我設計一個有質感的髮型，最後我去Strellson買一套帥氣的西裝。

將自己準備好之後，告白中最關鍵的東西——戒指，我特地去Tiffany選一款獨一無二的戒指，我認定了小文是我唯一的新娘。

我在和小文約吃飯的前一天，我找理由中陪我去文武聖殿拜拜，祈求求婚可以順利成功。

我求了一隻廟籤，希望可以透過廟籤讓我的心情更加篤定。

我看到廟籤的籤詩，內容讓我的額頭開始冒出冷汗。

我求到的廟籤是第七十二籤，籤詩內容如下：

河渠傍路有高低。可歎長途日已西。
縱有榮華好時節。直須猴犬換金雞。

我很緊張地拿這籤詩去問廟公，我擔心這是關公在提醒我明天的求婚會以失敗收場。

廟公說：「這籤詩是說：『路途崎嶇，高低不平，走了一段漫長的旅程，已是日落西山的時候。縱然有過一段榮華的好時光，但是像曇花一現並不能長久！』你想問的是什麼呢？」

我聲音發抖地說：「感……情……」

廟公又說：「年情人你這段感情充滿著考驗，雖然有過一段時間的美好，不過這感情已經走入尾聲了，如果你不放棄持續努力，也許還有機會。」

我聽完之後，我一直喃喃自語重複地說：「只要夠努力，我和小文還有機會的。」

終於到了和小文吃飯的時候，一樣的餐廳一樣的兩個人，只是現在我們的關係不一樣了。

在我要開口和小文求婚的時候，小文先跟我說了一件讓我崩潰的事情。

趁著小文去洗手間時，我跟理由中說不用準備花了。

我和小文求婚這件事情，我只有跟理由中說，如果求婚失敗也只需要堵住理由中的嘴巴就好了。

理由中疑問地說：「為什麼不需要花了？」

我痛苦地說：「就不需要花了，你跟黎群和堯堯說十點約在西部牛仔，我有話要跟你們說。」

從小文跟我說完那件事之後，我強忍著情緒的吃完這一頓牛排。

當我走出去新統一牛排館時，我暗自發誓我再也不會來吃新統一了，我發現和我在新統一吃飯的女生，最後都沒有好結局。（例如：孟沟紋和小文）

我來到西部牛仔，發現他們都已經到了，而且臉色都是擔心我的神情，讓我覺得兄弟比女人可靠多了。

黎群和堯堯看到我的表情，大概猜到我發生了什麼事情。

我點了一瓶V.S.O.P，今天晚上我一定要用酒精麻痺我自己，不然我很有可能會去自殺。

喝了第一杯之後，我一定要和他們訴說小文跟我說的那一件事，這種事情憋在心裡我一定會內傷。

我痛苦地跟黎群和堯堯說：「我真的應該聽你們的話，早該跟小文這一個女人斷乾淨，不應該一直分分合合的，才不會弄得今天如此狼狽。」

堯堯拍拍我的肩說：「在感情中的人，都有一定的主觀意識，聽不進去朋友的建議很正常，至少你今天完全了解這個女人是不適合妳的，這就是收穫。」

黎群怎是問我發生了什麼事情，他擔心他所想的和我發生的是一樣的。

我咬著牙說：「幹！小文跟噁心Dick合體了。」

他們三個異口同聲地說：「真的假的！」

我繼續說：「她說她不想背著這個祕密面對我，於是她選擇在今天跟我坦白，她跟我說她決定跟噁心Dick試著交往。」

黎群說：「我知道你短時間很難接受這個事實，但你要學著接受，小文這個畢雅曲選擇要跟噁心Dick交往把你放生，你要值得高興啊。」

我嘆了一口氣說：「但我很不甘心啊，我排除了一切與小文交往的阻力，在一起的時候我用盡我的一切去對待她，知道她在前一段感情受到背叛的傷害，我提醒自己要對這份感情保持忠誠。但是她呢？跟她那個垃圾前男友沒什麼兩樣，王八蛋。」

理由中問我說：「你有聽小文為什麼要跟噁心Dick合體嗎？」

在回答理由中之前，我又在喝了一杯，如果沒有酒精幫我壯膽，這種丟臉的事情我真的是開不了口。

我接著說：「我們分開之後，有一天她心情不好，噁心Dick找她一起去喝酒，然後在酒精的驅使下，她們就合體了。合體之後，她說她受到噁心Dick的蠱惑，她們就試著交往看看。」

理由中接著問：「合體時間點呢？」

我這時已經壓抑不住我的情緒了，我掩著面痛哭。

大概過了五分鐘，我的情緒藉由哭泣抒發，已經恢復了不少。

我悠悠地說：「就在小文說要找我當最好的朋友那個時間點。」

理由中他們對於小文玩弄感情的手法嘖嘖稱奇，就連黎群和堯堯的等級遇上小文，有很大的可能是打成平手，何況我的愛情等級只有小學一年級，當然被小文玩爆。

和理由中他們喝完酒之後，心情的痛苦指數已經降低了不少。

這段感情會讓我這麼難堪，很大的因素是我對小文優柔寡斷的態度所導致的，如果我在很多方面是更堅決果斷，是不是有可能讓這段感情的走向不一樣呢？

我對這段感情有再多的疑問和不甘心，我都必須要將這些疑問和不甘心這些複雜的情緒都要埋葬起來，因為小文已經幫我們感情的一絲絲可能性都阻斷了。

是時候要讓這段感情完全離開我的生活圈，我刪除了我生活中所有和小文相關的東西，把小文完全地抽離。

和小文吃飯後的第三天，我收到小文的簡訊，她說她想跟我談談。我被小文的訊息給嚇到了，真不知道她從哪裡抄來的台詞。

訊息內容如下：

「我知道認識我，帶給你很多痛苦和悲傷，但我希望哪天你不再那麼氣我、不再那麼消沉的的時候，並放下你對我的不諒解。你就會明白我的別無選擇，只有這樣逼你離開，你才能過好的生活、擁有更好的人生，希望你沒有後悔我們的這段感情。願意跟我見上最後一次面嗎？我有話想對你說。」

FINAL

小文傳訊息給我的時候，剛好理由中和我在一起，我們在五福路的丹丹漢堡吃早餐。

理由中嚴重警告我，要我絕對不能去赴小文的約，他跟我說你已經從小文沼澤爬出來，就不要再陷進去把自己弄髒。

小文這一封訊息把我弄得心理癢癢的，我又很怕看到小文的臉，怕看到之後會想起她和噁心Dick合體的畫面，我怕我會控制不住我的情緒給小文吃巴掌。

最後我決定用打電話的方式，如果小文所說的讓我不開心，我就對著電話大喊畢雅曲，然後掛上電話刪除號碼就可以，會比面對面看到表情還輕鬆不少。

理由中苦口婆心地說：「她都對你做到這個份上，你還管她要跟妳說什麼，你要完全杜絕與她接觸的機會，不然她稍微示弱一下，你的頭就軟下來無法堅持。」

理由中所說的我都知道，但對上小文我就是狠不下心，就算她在我們冷靜期還跟別的男人合體。

我先跟自己做心理建設，我只是想了解小文想跟我說的是什麼，等等不論小文說什麼我都不能回頭，我要讓我的情緒保持在冷酷，絕對不可以被小文的話語給融化，然後又復合。

這一段感情，我給予小文我全部的一切，並拋棄我的很多原則，去做小文所希望的理想情人，但終究還是被她背叛了。

電話撥通後，小文開始一直哭。

難道小文想先藉由哭泣來博取我的同情，然後她接下來對我有任何請求，我因為心軟就容易答應她？

我不帶感情地說：「能不能先停止哭泣，妳可以告訴我我們還有甚麼好說的嗎？」

小文帶著哭音說：「我可不可以回到你的身邊，我們重新開始好嗎？」

聽到小文這樣說，我並沒有開心，因為我知道在感情上我玩不過她，就算對小文還有愛情，也只能放在心裡讓時間慢慢把它沖淡，這是保護我自己最好的辦法。

之前幾次的分開再和好，只是讓我和小文之間的問題暫時性消失，這些問題始終一直存在在我和小文中間，因為小文不可能做任何永久性的改變。

我維持一樣的冷酷語調：「為什麼要重新開始？妳不是要跟那個噁心Dick試著交

往了，現在跑回來找我說要重新開始，妳在演哪齣？」

這一次小文的姿態真的是有夠軟的，之前我說的話帶有檸檬的成分，她會馬上就翻臉發脾氣，沒想到這次居然還沒發脾氣。

小文繼續放低姿態地說：「那天我們吃完新統一牛排，我回去仔細思考了我、你和噁心Dick三個人的關係，我認為我和你是比較適合的，會跟噁心Dick在一起是想要利用他來讓你生氣，讓你對我有更多的付出。」

我聽到小文這麼說，我差一點把我的哀鳳6摔在丹丹漢堡的地上，小文怎麼可以如此沒有道德觀念，為了讓我對她有更多的付出與重視，就跑去跟噁心Dick合體，這行為已經重創我們的感情。

我心寒帶有酸意地說：「我們已經不可能了，祝妳和噁心Dick幸福一輩子。」

小文聽到我這麼說，還是苦苦哀求著我給她一個機會，她說她今天晚上已經和噁心Dick約好要談分手，等她談完會主動跟我聯絡。

我跟小文說，等妳把妳和噁心Dick的事情處理好之後，我和妳之間的發展就順其自然吧。

和小文講完這通電話之後，小文就像從我的世界徹底消失，完全沒有她的任何消息。

過了三天，黎群傳了一張照片給我看，他說是小沛在ＩＧ上看到的，照片上小文和噁心Dick的合照。

看到這張照片，我了解了小文為什麼沒有再和我聯絡，因為她選擇要和噁心Dick再努力看看。

知道這個結果，我的心情反而是輕鬆的，我本來就沒有對小文所說的抱著任何希望，就算能繼續在一起，也只是惡性循環，除非小文能真正地改變。

從知道她和噁心Dick合體，我就了解到小文是不會為我改變，我也不該對她再抱著任何希望。

我和小文還有一些共同的朋友，所以小文的消息還是斷斷續續地傳到我的耳裡，但我的心已不會隨她有任何的波動。

她和噁心Dick大概只交往二個月就分手，她很後悔她毀滅了我的感情，她曾透過Amy和Zoey跟我說她還想復合。

對小文要找我復合這件事，理由中問我：「你會答應小文的復合嗎？」

我笑笑地說：「你說呢？你覺得我會答應復合嗎？」

而答案就在我手機的訊息裡，我只留著一封Bella傳給我的簡訊，時間點在我知道小文和噁心Dick合體的事情之後。

要青春14　PG1696

戀愛，我好魯

作　　者	綸尚綸
責任編輯	辛秉學
圖文排版	周政緯
封面設計	王嵩賀

出版策劃	要有光
製作發行	秀威資訊科技股份有限公司 114 台北市內湖區瑞光路76巷65號1樓 電話：+886-2-2796-3638　傳真：+886-2-2796-1377 服務信箱：service@showwe.com.tw http://www.showwe.com.tw
郵政劃撥	19563868　戶名：秀威資訊科技股份有限公司
展售門市	國家書店【松江門市】 104 台北市中山區松江路209號1樓 電話：+886-2-2518-0207　傳真：+886-2-2518-0778
網路訂購	秀威網路書店：http://www.bodbooks.com.tw 國家網路書店：http://www.govbooks.com.tw
法律顧問	毛國樑　律師
總 經 銷	易可數位行銷股份有限公司 地址：231新北市新店區寶橋路235巷6弄3號5樓 電話：+886-2-8911-0825　傳真：+886-2-8911-0801 e-mail：book-info@ecorebooks.com 易可部落格：http://ecorebooks.pixnet.net/blog

出版日期	2017年5月　BOD一版
定　　價	250元

Printed in Taiwan

國家圖書館出版品預行編目

戀愛,我好魯 / 綸尚綸著. -- 一版. -- 臺北市：
要有光, 2017.05
面； 公分
BOD版
ISBN 978-986-94298-7-0(平裝)

857.7 106004304

讀者回函卡

感謝您購買本書，為提升服務品質，請填妥以下資料，將讀者回函卡直接寄回或傳真本公司，收到您的寶貴意見後，我們會收藏記錄及檢討，謝謝！
如您需要了解本公司最新出版書目、購書優惠或企劃活動，歡迎您上網查詢或下載相關資料：http:// www.showwe.com.tw

您購買的書名：________________________________

出生日期：________年________月________日

學歷：□高中（含）以下　□大專　□研究所（含）以上

職業：□製造業　□金融業　□資訊業　□軍警　□傳播業　□自由業
　　　□服務業　□公務員　□教職　□學生　□家管　□其它______

購書地點：□網路書店　□實體書店　□書展　□郵購　□贈閱　□其他

您從何得知本書的消息？

□網路書店　□實體書店　□網路搜尋　□電子報　□書訊　□雜誌
□傳播媒體　□親友推薦　□網站推薦　□部落格　□其他__________

您對本書的評價：（請填代號　1.非常滿意　2.滿意　3.尚可　4.再改進）

封面設計____　版面編排____　內容____　文／譯筆____　價格____

讀完書後您覺得：

□很有收穫　□有收穫　□收穫不多　□沒收穫

對我們的建議：________________________________

____

____

____

請貼
郵票

11466
台北市內湖區瑞光路 76 巷 65 號 1 樓
秀威資訊科技股份有限公司 收
BOD 數位出版事業部

（請沿線對折寄回，謝謝！）

姓　　名：＿＿＿＿＿＿＿＿　年齡：＿＿＿＿　性別：□女　□男

郵遞區號：□□□□□

地　　址：＿＿＿＿＿＿＿＿＿＿＿＿＿＿＿＿＿＿

聯絡電話：(日) ＿＿＿＿＿＿＿＿＿＿ (夜) ＿＿＿＿＿＿＿＿＿＿

E-mail：＿＿＿＿＿＿＿＿＿＿＿＿＿＿＿＿＿＿